Ottokar Runze

Vom Glück zu Trauern

Eine deutsche Geschichte

KLAK

Es ist Trauern besser denn Lachen,

denn durch Trauern wird das Herz gebessert.

Altes Testament, Prediger Salomo 7.3

Ich bin ein alter Mann, der erfährt, wie Erleben dem Erinnern Platz macht, wie fast vergessene Bilder auftauchen und ihm näher rücken. Mir erscheint dieses von Arbeit erfüllte Leben als ein wunderbares Abenteuer. Indem ich es lebte, nahm ich mir zum Denken zu wenig Zeit. Handeln war das Gebot, dem ich gefolgt bin, seit meiner Kindheit. Ich war mir dessen nicht bewusst. Doch indem ich handelte, fühlte ich mich frei.
Meine Mutter war Gärtnerin, mein Vater Beamter an der Friedrich-Wilhelms-Universität zu Berlin. Beide waren gütige Menschen, immer bereit anderen, die in Not gerieten, beizustehen. Sie ließen mich frei sein, ich konnte mich ohne Zwang entwickeln. Was man Erziehung nennt, davon blieb ich verschont.

Vorbilder hatte ich. Die Eltern, Lehrer, Dichter, den Helden Odysseus. Ich übernahm Verantwortung für meine sechs Schwestern. Mein Vater meinte, als der Älteste müsse ich Vorbild für die Jüngeren sein. Ich nahm das ernst und hielt mich daran. Meine Mutter weckte in mir die Freude an Gartenarbeit. Gemeinsam legten wir einen Gemüsegarten an. Dessen Pflege empfand ich als Pflicht und trug so zur Ernährung der Familie bei. Auch die Schule erlebte ich nicht als Zwang. Die alten Sprachen zu lernen fiel mir leicht. Caesars *Gallischer Krieg* regte mich an, Geschichte studieren zu wollen. Deutsche Dichter und Shakespeare weckten das Interesse am Theater. Ernst und Glaubwürdigkeit der Lehrer prägten den Unterricht. Achtung des anderen und der anderen Meinung. Eine gute Balance zwischen Toleranz und Disziplin schufen ein Klima des Vertrauens. Immanuel Kants Philosophie, sein *Kategorischer Imperativ*, war Thema des Deutschunterrichts. Das entsprach dem Moralbegriff meiner Familie, der Haltung, die alles Handeln zu bestimmen hatte. Wenn eine Behauptung mich nicht überzeugte, scheute ich mich nicht zu widersprechen. Mitschüler gaben mir den Spitznamen Sokrates. Ich nahm ihn an, der Schierlingsbecher schreckte mich nicht.

*

Am 10. November 1938 – ich war 13 Jahre alt – sah ich auf dem Weg ins Gymnasium zerstörte Schaufenster, rauchende Trümmer, verängstigte Menschen. Die so genannte Kristallnacht hatte stattgefunden. Aber ich wusste so wenig wie meine Mitschüler, dass es jüdische Geschäfte und Wohnungen waren, denen die Gewalt gegolten hatte. Auch nicht, dass in dieser Nacht fast alle jüdischen Gotteshäuser in Deutschland zerstört worden waren. Zu Beginn der Unterrichtsstunde wollte ich von unserem Griechisch-Lehrer wissen, was die Zerstörungen zu bedeuten hätten.

Er antwortete nicht. Noch forderte er uns auf, uns zu setzen. Er stand vor der Klasse, schweigend, sein Blick war auf uns alle gerichtet. Wir warteten und wagten kaum zu atmen.

Und dann kam die Antwort, leise und ernst:

Was heute Nacht geschehen ist, wird für alle Zeit eine Schande für unser ganzes Volk sein.

Der Satz hat sich mir eingeprägt. Doch erst viel später fand ich eine Erklärung für das lange Schweigen, das dem Satz vorausgegangen war. Der Lehrer hatte wohl abgewogen, was wichtiger war: Seine eigene Sicherheit oder die Aufklärung der jungen Menschen. Und er hatte sich gegen seine Sicherheit entschieden.

Sein Name ist Max Krüger.

*

Nach mehr als fünfzig Jahren drehte ich einen Film dort in Spandau. Einige Szenen spielten in dem alten Gymnasium, das seit Jahren leer stand. Ich hatte es als Schauplatz für die Geschichte einiger Kinder gewählt, die das Ende des Kriegs erleben, die einen jüdischen Flüchtling entdecken, dreizehn Jahre alt wie sie und wie ich, damals, als der Lehrer von der Schande sprach. An einem Abend nach Drehschluss traf ich ehemalige Mitschüler, die an jenem 10. November mit mir dem Lehrer gegenübergestanden hatten. Es war ein langsames Wiedererkennen, nach Erinnerungen tastend. Wir sprachen auch über Max Krüger. Die anderen konnten sich an den Satz über die Schande nicht erinnern. Er wird es nur mir gesagt haben. Ich hatte gefragt.

Wenn mich heute ein Enkel nach etwas fragt, denke ich an die Pflicht zur Wahrheit und die Haltung dieses Mannes.

Ob meine Enkel die Geschichte ihres Großvaters lesen, ob sie verstehen werden, warum er sie schrieb, weiß ich nicht. Sie leben in einer veränderten Welt, in einem Deutschland, das mit dem Dritten Reich nicht vergleichbar ist. Zu viel Zeit ist vergangen, in der verdrängt wurde, was in jenen Jahren geschah. Zu lange hat nachgewirkt, dass Feigheit und Angst das Gewissen lähmten.

Meine Geschichte beginnt, wo sie zu Ende gehen könnte.

Der da sitzt im Speisesaal der Reha-Klinik, der alte Mann, abgemagert und geschwächt durch die Hüftoperation, der bin ich. Wie von oben sehe ich mich, von außerhalb meiner selbst. Vielleicht bin ich näher dem, der ich einmal war, als dem, den ich da an einem der Tische sitzen sehe. Der alte Mann wirkt müde, neben ihm, an die Wand gelehnt, seine zwei Krücken. Ihm gegenüber hat ein jüngerer Patient Platz genommen. Der zeigt mit dem Messer auf Tomatenscheiben, aus denen der grüne Stielansatz nicht entfernt worden ist. Daran sieht man, dass die in der Küche keine Ahnung haben, sagt er.

Der, der ich bin, hat nicht angerührt, was auf dem Teller vor ihm liegt. Er hält eine Birne in der Hand. Steinhart, ungenießbar. Er friert. Er nimmt die Thermoskanne vom Tisch, um sich Kaffee einzuschenken. Er kann die Kanne kaum halten, so sehr zittert seine Hand. Er nimmt die andere Hand zu Hilfe, bedrohlich wackelt die Kanne, und der Kaffee landet neben dem Becher. Peinlich. Sein Gegenüber sieht ihm mitfühlend zu, will ihm die Kanne abnehmen. Er bemerkt es nicht. Warum ist ihm so kalt? Warum hört das

Zittern nicht auf? Er nimmt die Krücken, hält sich an ihnen fest. Mühsam steht er auf. Gut, dass ich die Krücken habe, denkt er. Vorsichtig macht er sich auf den Weg, erreicht den Ausgang. Er kommt bis zum Zimmer der Dienst habenden Krankenschwester. Die sieht seinen Zustand und zieht einen Rollstuhl heran. Sie hilft ihm, sich hineinzusetzen und schiebt ihn in sein Zimmer. Er hat über vierzig Grad Fieber. Ist nicht imstande, ohne Hilfe aus dem Rollstuhl aufzustehen. Seine Stimme versagt, als er nach einem Arzt fragen will. Er ist hilflos. Zum ersten Mal erlebt er sich so. Hilflos, zitternd, nicht sprechen könnend, ohne Kraft.

Er versucht sich zu konzentrieren. Vor zehn Tagen ist er operiert worden. Hatte vor Schmerzen kaum gehen können. Vor Monaten war er schon einmal im Krankenhaus gewesen, ein paar Tage nur. Ohne krank zu sein, hatte er drei Liter Blut verloren. Kein Organ war verletzt. Die Ärzte hatten ihn gründlich untersucht und nichts gefunden. Sie waren ratlos.

Er ahnte, was geschehen war. Eine seiner Schwestern war gestorben. Seit der Kindheit war sie ihm besonders nah, sie dachte wie er. Er hatte sie besucht, konnte ihr Ruhe geben. Drei Tage, nachdem er sich von ihr verabschiedet hatte, verlor er das Blut. An dem Tag, als sie starb. War es das Herz in ihm, das da blutete? Er fühlt seinen zitternden Körper und hat nicht die Kraft, sich gegen das Zittern zu wehren. Wille und Körper sind nicht mehr eins. Sein Körper entgleitet ihm. Er kann sich nicht erinnern, sich jemals so gehen gelassen zu haben. Sich zu beherrschen war immer selbstverständlich gewesen. Und jetzt sitzt er hilflos in einem Rollstuhl. Aber er ist wach, denken kann er noch. Er sucht nach einer Erklärung. Nicht sprechen zu können vor Schwäche ist eine neue Erfahrung. Sie irritiert, sie erschüttert ihn. Während die Krankenschwester sich um ihn bemüht, spürt er ihre warme Hand. Und er schlottert vor Kälte. Das Gesicht der Krankenschwester ist nah, sie greift ihm unter die Arme, will ihn hochheben, um ihm auf das Bett zu helfen. Er hält sich an ihr fest. Er spürt ihren Körper, ihre weibliche Wärme. Ihm fällt ein Erlebnis in Prag ein. Wo er vor vielen Jahren an einem trüben Novembertag, tief in Gedanken, von einer Straßenbahn angefahren wurde. Er hatte sie nicht wahrgenommen, das warnende Alarmklingeln nicht gehört. Der Fahrer hatte nicht mehr bremsen können. Im letzten Augenblick muss er sich nach dem Geräusch umgedreht haben, denn sein Kopf war getroffen worden, das rechte Ohr hing herab, er blutete. Als er zu sich kam, standen drei Straßenbahnzüge hinter ihm, um ihn herum Menschen, die ihm helfen wollten.

Er musste mindestens fünfzehn Minuten ohne Bewusstsein gewesen sein. Er hatte, wie man ihm sagte, niemanden an sich heran gelassen, war die ganze Zeit stehen geblieben, hatte jeden weggestoßen, der sich ihm näherte. Er war nicht zu Boden gegangen. Trotz der Bewusstlosigkeit hatte er sich aufrecht gehalten. Dann war der Rettungswagen eingetroffen, eine junge Ärztin hatte sich seiner angenommen und ihn ins Krankenhaus begleitet. Während der Fahrt wollte sie seine Wunden behandeln. Sie war ihm nahe gekommen. Noch benommen, hatte er sie zu streicheln, zu umarmen versucht. Freundlich hatte sie ihn abgewehrt. Als er sein Blut auf ihrem Arztkittel sah und ihm bewusst wurde, was er tat, hatte er sie losgelassen und sich für sein Verhalten entschuldigt.

*

Was ging in mir vor? War es die Berührung der jungen Frau, die mich die Beherrschung verlieren ließ? Ließ ich mich gehen, weil ich allein mit ihr in dem Rettungswagen war? Wollte ich Kraft zeigen, als ich Hilfe brauchte? Konnte ich nicht ertragen, dass ich Hilfe brauchte? Oder war es die Gehirnerschütterung, die ein Kontrollsystem ausgeschaltet hatte.

Während diese Fragen mich beschäftigen, liegt der alte Mann da auf seinem Krankenhausbett. Ein Gefühl tiefer Trauer erfüllt ihn. Sie liegt über der Erinnerung an Prag. Erklären kann ich sie mir nicht. Es ist kein Selbstmitleid. Das kenne ich nicht. Das Ende?

Wenn es das Ende wäre, trauern würde ich nicht. Warum dann? In ihr bin ich eins mit dem alten Mann. Schon einmal habe ich diese Trauer gespürt, ohne sie deuten zu können. Es war in einem Zug, vor zwei Jahren. In einem Zug von Pisa nach Florenz.

Ich war in Pisa mit einem Billigflug gelandet und in diesen Zug gestiegen, der direkt am Flughafen stand. Der Zug war ein paar Kilometer gefahren und auf freier Strecke stehen geblieben. Das Abteil war voll besetzt, die meisten Fahrgäste schienen Studenten zu sein. Sie schwatzten und lachten, aber der Zug fuhr nicht weiter. Allmählich wurden sie müde, die Gespräche verstummten. Zwanzig Minuten vergingen. Ich sah auf die Uhr. Um mich herum absolute Stille. Draußen dämmerte es. Die Tür zum nächsten Abteil in Fahrtrichtung war offen. Ich stand auf, ging an den schlafenden Fahrgästen vorbei, erreichte den Führerstand. Auch der Zugführer saß schlafend an seinem Platz. Ein zweiter Mann auf der anderen Seite wachte auf, wandte sich nach mir um. Auf meine Frage, warum es nicht weitergehe, sagte der Mann: Lavoro. Und wie lange es noch dauern würde? Nur ein Achselzucken und der Mann nickt wieder ein, als wäre er daran gewöhnt. Da stand ich zwischen den beiden Italienern in diesem Zug mit den Schlafenden. Ich sah hinaus auf die Strecke, sah das flache Land, von schmalen Gräben durchzogen, und ein paar Meter weiter das Signal. Es leuchtete Rot.

Dann war ich zu meinem Platz gegangen, hatte mich gesetzt und dieses Gefühl tiefer Ruhe und Trauer gespürt. Ohne zu wissen warum. Aber mir war plötzlich klar geworden, wie sinnlos diese Reise war. In dem Zug zwischen den schlafenden Studenten wurde es mir bewusst. Meine Zeit ist vorbei.

*

Warum hatte ich diese Reise unternommen? Es gab ein Drehbuch. Ich hatte es geschrieben. Es sollte eine leichte poetische Komödie werden. Ich gab sie Schauspielern zu lesen, mit denen ich im Theater arbeitete. Ihnen gefiel die Geschichte. Die alte umbrische Stadt Spoleto sollte Schauplatz der Handlung sein. Und nach Spoleto war ich unterwegs, um den Film vorzubereiten.

Aus eigener Kraft, ohne Förderung, hatte ich meine ersten Filme gemacht. Das lag vierzig Jahre zurück. Damals war man auf mich aufmerksam geworden. Einige meiner Filme wurden mit Preisen ausgezeichnet, nahmen an Festivals teil. Ich hatte Erfolg. Auch im Ausland. Ich lief keinem Trend hinterher, hielt mich an keine Mode. Unpopuläre Themen schreckten mich nicht. Ich missachtete Regeln, die den Produzenten zur Vorsicht mahnen.

Schließlich wagte ich mich an ein Projekt, das ohne starke Partner nicht zu bewältigen gewesen wäre. Ein Roman, dessen Inhalt mich zutiefst ergriff. Der Film nach diesem Roman wurde mein Ziel. Ich setzte alles ein, was ich besaß und verdiente. Und ich scheiterte.

Ja. Meine Zeit ist vorbei. Kann ich mich nicht damit abfinden? Und die Schulden? Wie lange werden meine Gläubiger noch geduldig sein. Dem Finanzamt hatte ich mein nächstes Regiehonorar abgetreten, um eine Steuerschuld zu tilgen. Doch ein Honorar war nicht in Sicht.

*

Um mich herum bewegten sich Mitreisende, der Zug war angefahren. Ich sah auf meine Uhr, eine halbe Stunde war verstrichen, aber der Zug fuhr. Im Dämmerlicht war noch Landschaft zu erkennen. Ich dachte an Szenen, die in Eisenbahnzügen spielen, Szenen, die ich inszeniert hatte. Ich spürte den eigenartigen Reiz, den der Rhythmus des fahrenden Zuges der Handlung gibt, wenn Landschaft vorbei zu fliegen scheint, das Gefühl frei zu sein, das Losgelöstsein. Nun fuhr ich selbst in einem Zug ins Ungewisse. Ich war verabredet mit einer Frau, die ich nicht kannte. Als ich den Flug gebucht und mein Kommen in Spoleto angekündigt hatte, war es nicht möglich gewesen, in Pisa ein Mietauto zu bestellen. Ich hatte keine Kreditkarte mehr. Ich blätterte in meinem Adressbuch.

Gab es jemanden, der mir helfen könnte, gab es jemanden in Italien? Ich fand einen italienischen Namen, den Namen dieser Frau. Sie hatte mir vor vielen Jahren ein Buch geschickt, als Anregung für einen Film. Sie hatte einen meiner Filme gesehen. Ich rief sie an und fragte sie um Rat. Gibt es eine direkte Eisenbahnverbindung von Pisa nach Spoleto?

Sie lud mich ein, die Reise in Pistoia zu unterbrechen. Sie hätte ein Gästezimmer, ich könne bei ihr übernachten. Ich war überrascht und nahm die Einladung an. Als Gegenleistung lud ich sie zum Abendessen ein und bat sie, für uns ein Restaurant auszusuchen. Zu ihr war ich auf dem Weg und konnte sie nicht erreichen, um ihr meine Verspätung anzukündigen. Mir fehlte, was heute jeder hat: ein Mobiltelefon.

Der Zug hielt noch einige Male, die Fahrt dauerte fast vier statt einer Stunde. Aber ich kam in Pistoia an. Am Bahnhof nahm ich ein Taxi und dann stand ich vor ihrem Haus. Klingelte. Die Tür öffnete sich. Ich stieg die Stufen hinauf, vorbei an Karikaturen berühmter Zeitgenossen. Einen erkannte ich: Thomas Mann. Dann sah ich sie. Eine kleine, zierliche ältere Dame. Sie stand in der Tür ihrer Wohnung. Sie ließ mich meine Reisetasche abstellen, zeigte mir das Zimmer, in dem ich schlafen sollte. An den Wänden bis zur Decke Bücher. Sie lächelte und sagte, wenn wir noch etwas essen wollen, müssen wir uns beeilen. Sie fuhr mit mir zu einer Trattoria am Rand der Stadt, wo man zu später Stunde noch etwas zu essen bekommt. Ein altes Haus unter mächtigen Linden. Nur wenige Gäste. Es gab noch eine Suppe. Und es gab Wein. Wir sprachen über das Buch, das sie mir damals geschickt hatte.

Eine Geschichte, die auf meiner Linie lag, zu der ich aber keinen Zugang gefunden hatte. Dann sprachen wir über meinen Film, den sie gesehen hatte und der Anlass für ihren Brief gewesen war. Ich war überrascht, wie viel Verständnis sie aufbrachte für das Wagnis, die Geschichte eines Kindermörders zu erzählen und auch noch Mitgefühl für ihn zu wecken. Und das Publikum, fragte ich. War die Vorstellung gut besucht? Sie zögerte. Dann gestand sie, die einzige Besucherin gewesen zu sein. Sie war beeindruckt, das man den Film trotzdem gezeigt hatte.

Die Trattoria war leer, als wir noch ein Glas Wein tranken.

Beiläufig sagte sie: Sie können mein Auto haben, dann kommen sie schneller nach Spoleto als mit der italienischen Eisenbahn. Sie lächelte. Wieder ein Angebot, das in meine absurde Situation zu passen schien.

Am nächsten Morgen machte ich mich auf den Weg. Ich fuhr mit ihrem kleinen Renault nach Spoleto, wohnte in dem alten Haus, in dem Szenen des Films spielen sollten. Schon einmal war ich dort

Gast gewesen. Die Besitzerin hatte inzwischen das Erdgeschoss erweitert, eine geräumige Halle war wie geschaffen für eine der aufwendigsten Szenen. Ich fand auch alle anderen Schauplätze für den Film. Neben dem steinernen Löwen saß ich auf der Marmorbank unter dem Portikus des alten Doms. Auf der Brücke stand ich, hoch über der Schlucht, wo der Schauspieler stehen und nachdenken sollte, ob sich hinunterzustürzen eine Lösung wäre.

Ich saß in dem Café am Markt, wo er sitzen würde, vor sich die Whiskyflasche, seinen Kummer ertränkend, ankämpfend gegen die Woge des Selbstmitleids und endlich sich aufraffend, wieder der zu sein, der er einmal gewesen war.

Ich machte einen groben Drehplan, als wäre die Produktion gesichert. Nach drei Tagen fuhr ich gut gelaunt zurück nach Pistoia. Auf dem Weg kaufte ich ein paar Flaschen Wein und Olivenöl für meine Gastgeberin, lud sie wieder zum Abendessen ein, wir saßen wieder in der Trattoria und jetzt sprach ich über den neuen Film. Ich erzählte ihr die Geschichte des Schauspielers, der sich in seiner Rolle verliert und von der Bühne flieht. Ich sprach von der Kunst des Schauspielers.

Aus Gebärden, Gedanken und Worten einen Menschen entstehen zu lassen, der nach dem Entwurf des Dichters sein – des Schauspielers – Werk ist und wie er sein Werk zerstört, wenn er sich in der Rolle verliert. Ich erzählte, wie ich in einer Aufführung des Theaterstücks Cyrano de Bergerac im letzten Akt die Tränen einer Schauspielerin fließen sah. Zu spielen hatte sie die Erschütterung, die Liebe des ihr Verfallenen erst erkannt zu haben, als dieser sterbend neben ihr liegt. Sie verlor sich in der Rolle. Sie selbst, die Schauspielerin, gab sich der Erschütterung hin und es flossen ihre echten Tränen. Und ihre Tränen ließen die Zuschauer kalt. Ein Beispiel, deutlich genug.

Ich beschrieb Spoleto, die Schauplätze des Films, die Läuterung des in Not geratenen und den märchenhaften Schluss der Geschichte. Und ich beschrieb meiner Gastgeberin, wie Leichtigkeit und Ironie der Erzählweise die alte Stadt leuchten lassen würden. Sie hörte mir aufmerksam zu.

Am Tag darauf, im Flugzeug nach Deutschland, dachte ich nicht mehr an die Sinnlosigkeit dieser Reise. Die Erinnerung an meine Fahrt durch Umbrien und die Toskana erfüllte mich. Die Erinnerung an Spoleto hielt mich fest. Die Szenen des Films lebten in meiner Phantasie. Ich spürte den poetischen Zauber, der über der Handlung liegen würde. Ich sah den fertigen Film vor mir. Und ich sah das Publikum im Kino, wie es sich zwischen Lachen und Tränen der Geschichte hingeben würde. Die Geschäftigkeit der Stewardessen bemerkte ich nicht mehr. Ich blickte hinaus in den Abendhimmel und träumte von dem Film, für den es keine Finanzierung gab.

*

Der alte Mann in seinem Krankenhausbett kann nicht einschlafen. Die Sinnlosigkeit der Reise nach Spoleto lässt ihm keine Ruhe.

Das rote Signal vor dem stehenden Zug.

Ich habe versagt, denkt er. Als Produzent habe ich versagt. Zwanzig Jahre lang alles, was da war, was ich verdiente, in ein Projekt zu investieren, für das ich allein nicht stark genug bin. Und dann auch noch Spoleto. Vorbereitung eines Films, der nichts sein sollte als eine Art Trost für das Scheitern des großen Projekts, das ein würdiger Abschluss gewesen wäre. Aufbäumen gegen die bittere Erkenntnis, nicht einmal den kleinen Film zustande bringen zu können. Nicht einmal ein Budget von weniger als einer halben Million. Ohne Aussicht auf eine Finanzierung Geld auszugeben für eine Utopie. Wie unter Zwang hatte ich gehandelt, um nicht wahrnehmen zu müssen, wie aussichtslos meine Lage ist.

Noch einen Film machen wollen, weil ich mein Honorar brauche für das Finanzamt. Um Zahlungsunfähigkeit nicht bekennen zu müssen. Wegen einer Steuerschuld. Seit vierzig Jahren Filmproduzent. Unabhängig. Schreiben, planen, kalkulieren, handeln, aktiv sein. Durchsetzen, was kein Verleiher haben will. Gegen den Strom. Immer gegen den Strom. In einer Person Regisseur und Produzent. Als Regisseur konnte ich mich bremsen, Verluste vermeiden. Da war ich disziplinierter als andere. Gebändigter Ehrgeiz, findiger Künstler im Rahmen eines Budgets. Ich durfte es nicht überschreiten, ich wollte es nicht überschreiten. Immer wieder musste bewiesen werden, dass der Regisseur nicht zügellos sein will. Kein Hochmut, keine Arroganz.

Der Produzent trägt die Verantwortung. Und dann diese Reise. Handeln ohne zu denken. Aber wollen. Handeln. Da sein.

*

Er musste geschlafen haben, denn er hatte das Türgeräusch nicht gehört, das Licht im Flur nicht bemerkt. Die Hand der Nachtschwester auf seiner Stirn hatte ihn geweckt. Kein Fieber mehr, das Antibiotikum wirkt. Die Schwester hilft ihm aus dem Bett, reicht ihm die Krücken. Er geht ins Bad. Er weiß, einschlafen wird er nicht mehr. Seine Gastgeberin in Pistoia und das Gespräch in der Trattoria lassen ihn nicht los. Sie hatte von ihrer Familie erzählt. In einem Dorf in den Bergen, nicht weit von Pistoia, war sie aufgewachsen. Als sie den Krieg erwähnte und die alte Eisenbahnlinie mit den vielen Tunneln, die es seit Mitte des 19. Jahrhunderts gibt, erinnert er sich, dass er diese Gegend kennt. Als Soldat ist er dort gewesen, 1944.

Die deutschen Truppen waren auf dem Rückzug. Sein Bataillon wurde weiter oben auf der Bahnstation versammelt. Er sollte mit seiner Gruppe als Nachhut die Straße zu der Station sichern. Und er hatte den Auftrag, in den Dörfern alle Kühe und Schafe zu töten. Es war ihm wie ein Racheakt vorgekommen, denn auf seinen Protest hin wurde ihm vom Kommandeur erklärt, die Tiere dürften den Partisanen nicht in die Hände fallen. Die waren eine größere Gefahr als der Gegner, sie hatten ihre Stützpunkte überall in den Bergen und brachten Unsicherheit in die Operationen der Deutschen. Seien Sie auf der Hut, sagte der Kommandeur.

Sie gingen von Dorf zu Dorf, die Waffen in der Hand. Sie spürten den Geruch der Tiere. Irgendwo bellte ein einsamer Hund. Kreischend flog eine Elster über sie hinweg. Kein Mensch war zu sehen. Überall konnten Partisanen lauern. Doch es fiel kein Schuss. Einige Familien waren in den Dörfern geblieben, andere in Höhlen geflüchtet. Er kannte diese Höhlen. Die Frauen hatten ihr Vieh mitgenommen, die kleinen Kinder brauchten Milch. Er sah die Angst in den Augen der Frauen und die Sorglosigkeit der Kinder, die zwischen den Schafen spielten.

Er steht am Fenster seines Krankenzimmers, denkt daran, wie bedrohlich Stille sein kann. Er spürt den Wind, bald wird der Morgen dämmern. Bald wird es hell werden.

Er hatte damals den unsinnigen Befehl nicht ausgeführt. Keine Kuh, kein Schaf war getötet worden. Die Kinder würden weiter ihre Milch haben. Sie würden weiter zwischen den Schafen spielen können.

Er denkt an seine Gastgeberin in Pistoia, die kleine zierliche Frau. Sie hätte eins dieser Kinder sein können. Und sie hatte ihm, den sie nicht kannte, ihr Auto zur Verfügung gestellt. Ob es da einen Zusammenhang gibt, fragt er sich. Eine Verbindung auf anderer Ebene, eine andere Gegenwart, unabhängig von Zeit und Ort.

Er erinnert sich an das Italien 1944, die ersten Eindrücke. Das Erlebnis des Landes, das kennen zu lernen er sich als Junge immer gewünscht hatte. Der Transport über die Alpen in offenen Güterwagen. Sie saßen auf den Planken, genossen Sonne und warme Luft. Wenn der Zug hielt, standen Halbwüchsige an der Strecke, verkauften Weintrauben. Es waren die ersten seines Lebens. Dann die Tage und Nächte in Verona. Deutsche Soldaten konnten sich dort noch frei bewegen. Nachts wanderte er durch die Stadt, stand vor Kirchen und Palästen, stieg in die Ränge der römischen Arena. Das Mondlicht war so hell, dass man die Zeitung lesen konnte.

Er sieht die verblassende Scheibe des Mondes über den Wipfeln der Bäume und denkt an Julias Balkon. Verona ist ihm so nah, als ginge er durch die engen Gassen. Die alte Stadt, ihre Brücken, der helle Mond. Der Duft des Südens. So mögen die Goten sich gefühlt haben, als sie dieses Land betraten. Aus dem kalten Norden kommend, nach Monaten Marsch und Entbehrung. Ihr Herz wird weich geworden sein, so wie ihm, als sie sich dem Zauber Italiens ergaben. Nach zwei Tagen in einer verwahrlosten Kaserne ging es weiter Richtung Süden. In langen Autokolonnen, bei Dunkelheit. Die Lufthoheit war auf die Alliierten übergegangen. Ein paar Stunden in Modena, dann Bologna, der Apennin, schließlich in klarer Nacht eine Zypressenallee aufwärts ins Divisions-Hauptquartier. Ein großer Hof, eine Renaissance-Villa. Die erste Flasche Wein. Er musste warten, schlief ein, wo er saß, an die Wand gelehnt. Die hektische Geschäftigkeit der Adjutanten und Telefonisten, selbst den Kommandeur, der ihm jovial auf die Schulter klopfte, nahm er nicht mehr wahr.

Seit Juli 1943 war er Soldat. Hatte die Grundausbildung als Rekrut und die Unteroffiziersschule in Jena hinter sich. Nach der Frontbewährung würde die Offiziersschule der nächste Abschnitt sein. Er denkt an den Freund der Familie, der ihm geraten hatte, sich für die Offizierslaufbahn zu bewerben. Er war dem Rat gefolgt und hatte sich den Prüfungen unterzogen. Einen Tag nachdem er vom Heereskommando die Bestätigung erhalten hatte, dass er zur Offiziersausbildung angenommen sei, kam die schriftliche

Einberufung zur Waffen SS. Er hätte sich nicht dagegen wehren können. Er hätte ihr folgen müssen. Er wäre in Russland eingesetzt worden, wo viele seiner Generation geblieben sind. Es hätte sein Ende sein können. Der Brief vom Heereskommando bewahrte ihn davor. So verging ein ganzes Jahr in der Ausbildung. Und jetzt saß er in der alten toskanischen Villa und schlief.

Früh am Morgen wurde er geweckt und einer Kompanie zugewiesen, die am nördlichen Ufer des Arno in Stellung gegangen war, 30 km von Florenz entfernt. Die erste Feindberührung stand ihm bevor. Die Truppen der Alliierten waren zügig vorangekommen. Am Arno sollten sie aufgehalten werden. Im Rücken der Deutschen nahm die Aktivität der Partisanen zu. Freiwillig meldete er sich zu jedem gefährlichen Auftrag, Erkundungen im Niemandsland jenseits des Flusses, Beobachtung der Feind-Bewegungen. Er empfand keinen Zwang, sich bewähren zu müssen. Er genoss das Abenteuer, seine Freiheit sich ihm aussetzen zu können.

Ein Erlebnis würde er nie vergessen. Wie immer war er nicht allein unterwegs, hatte einen Freiwilligen mitgenommen, einen jungen Soldaten aus dem Elsass. Die Position einer Granatwerferstellung sollte erkundet werden. Irgendwo südlich des Flusses. Lautlos gingen sie durch Obstplantagen im hellen Mondlicht, vorsichtig jeden Schritt setzend. Sie vermieden Straßen, näherten sich keinem

Haus, keinem Gehöft. Sie hielten sich im Schutz der Plantagen. Sie waren nah am Feind, das wussten sie. Ein Obstspalier versperrte den Weg. Er bog einen Ast zur Seite und hielt inne. Ihm gegenüber stand ein britischer Soldat. Sie sahen sich an, unendlich lange schien es ihm, aber es waren nur Sekunden. Beide hatten sie die Hand an der Waffe, doch keiner schoss. Kein Laut, kein Geräusch, nur die beiden Augenpaare. Er sah nicht den Feind im anderen und der andere sah nicht den Feind in ihm. Sie waren sich wohl sehr nah in diesem Augenblick. Es muss das Einverständnis gewesen sein, leben zu wollen. Vorsichtig nahm er die Hand vom Ast des Spaliers, ein Zeichen zum Kameraden. Keine Bewegung hinter dem Spalier. Kein Laut. Stille. Sie gingen so lautlos zurück wie sie gekommen waren. Sein Auftrag war erfüllt.

*

Es ist heller geworden. Der Wald gegenüber ist gut zu erkennen. Er sieht das Gesicht des anderen wie damals, als er neunzehn war. Und wieder empfindet er Trauer, tiefe Ruhe und Trauer. Wie in dem Augenblick, als seine Kräfte versagten. Als er zitternd und hilflos war. Niemals Schwäche zeigen, das war immer selbstverständlich gewesen. Haltung, Verantwortung, Vorbild sein. Es zeigt sich in den Fotos der ersten Jahre. Ein kindlicher Ernst liegt in seinem Gesicht. Und jetzt die Trauer, die einfach da ist. Was hat sie zu bedeuten, denkt er. Eben noch hat er sich an die Front in Italien erinnert.

Sein Kamerad aus dem Elsass, der ihn bei allen gefährlichen Einsätzen begleitete, hatte einmal gesagt: Wenn wir zu denen gehen, ist der Krieg für uns vorbei. Sie lagen gut getarnt auf einem Hügel und beobachteten eine feindliche Kolonne mit schwerem Gerät. Auf den Lafetten saßen die jungen Soldaten völlig entspannt und genossen die Sonne Italiens. Die feindliche Kolonne war nah, nur ein paar hundert Meter entfernt. Man konnte fast hören, wie sie lachten und sich etwas zuriefen. Was dachte der Kamerad. Waffe weg, aufstehen, Hände hoch? Er sah den fragenden Blick. Er sah die Aufforderung, die in dem Blick lag. Schroff hatte er reagiert. Fahnenflucht kommt nicht in Frage. Er hatte an seinen Vater und dessen Brüder gedacht, die am Ersten Weltkrieg als Offiziere teilgenommen hatten. Zwei waren gefallen. Niemals würde er die Truppe verlassen.

Und das Gerücht, ein deutscher Hauptmann sei zu den Partisanen übergelaufen und zeige ihnen den Weg zu den Depots, wo sie alles fanden, was ihnen in ihren Verstecken hinter der Front fehlte? Es hieß, dieser deutsche Offizier habe miterlebt, wie eine Einheit der Waffen-SS die Bewohner eines Bergdorfes in die Kirche gesperrt und dann die Kirche in Brand gesetzt hätte. Ein Kriegsverbrechen.

War das der Grund gewesen für die Fahnenflucht dieses Mannes? Er spürte keine Verachtung für ihn, eher Bewunderung. Und dennoch hatte er so schroff, so ablehnend reagiert auf die Frage des Kameraden. Der war offen gewesen, voller Vertrauen. Und er war verschlossen geblieben.

Damals wusste er nichts über deutsche Verbrechen in besetzten Gebieten, Massenerschießungen, Vernichtungslager und Völkermord. Einmal hatte er erlebt, wie der Kompanieführer ein junges Mädchen erschoss, das sich in die Nähe der Front verlaufen hatte. Er war zu weit weg, als es geschah. Er kam zu spät, er hatte es nicht verhindern können. Er stellte den Vorgesetzten zur Rede, der verbat sich Kritik. Zivilisten sei der Aufenthalt im Bereich der Front verboten. Das sei der Bevölkerung bekannt. Auch ein Kind könne Spion sein, um die Stellung zu erkunden, von Partisanen geschickt. Er ließ nicht gelten, was der Vorgesetzte vorbrachte. Er hätte sich vor das Kind gestellt, wenn er nicht so weit entfernt gewesen wäre. Sie standen sich gegenüber. Der zur Frontbewährung eingesetzte Offiziersanwärter und der nur wenige Jahre ältere Kompanieführer. Wie hätte er sich hier bewähren können. Das junge Mädchen war tot, es würde den Eltern übergeben werden oder sie würden es finden. Sie würden weinen, die Deutschen hassen. Und der Mann, der das Kind erschossen hatte, kniete jeden Morgen betend in seinem Zelt. Empört hielt er den anderen im Blick, bis der sich abwandte. Wegtreten. Sein Verhältnis zum Vorgesetzten war seitdem gespannt.

*

Zum ersten Mal hatte sich Aufbegehren geregt. Ich lehnte mich auf, aber ich meuterte nicht. Ich hatte nicht handeln können. Hätte ich handeln können, ich hätte das Verbrechen verhindert. Dessen war ich sicher. Dabei dachte ich nicht nach über Sinn oder Unsinn dieses Krieges. Ich tat meine Pflicht und fühlte mich frei, indem ich mein Abenteuer erlebte. Ich brauchte wohl die Gefahr, um mich kennen zu lernen, um meiner selbst sicher zu sein. Wie in der Kindheit, wenn ich nachts in den Wald gegangen war, um Geräusche zu hören, zu identifizieren, im Alleinsein keine Angst zu haben. Dunkelheit hatte mich nie geschreckt, damals so wenig wie bei den Einsätzen im Niemandsland.

Im Krankenzimmer, am offenen Fenster, wieder diese Ruhe, die ihn wach sein lässt. Ruhe, die sein Denken beflügelt. Sie scheint ihn zum Denken zu zwingen. Er fragt sich, ob das Versagen seiner Kraft, der Verlust seiner Haltung Aufforderung sind, sein Wissen über sich selbst zu erweitern, mehr zu erfahren über sich.

Als nach dem Krieg das Attentat auf Hitler und seine Vorgeschichte Thema und Inhalt vieler Dokumentationen wurde, hatte er hart und entschieden in öffentlichen Äußerungen die hohen Heerführer der Wehrmacht verurteilt, weil sie den Tyrannenmord nicht gewagt, weil sie die wenigen Männer, die das Attentat planten, nicht unterstützen wollten. Die großen Generale und Feldmarschälle hatten den Ruhm der gewonnenen Schlachten, der glänzenden Siege geerntet. Dotationen des Diktators hatten sie angenommen, Geldgeschenke, Rittergüter, die anderen geraubt worden waren. Keiner hatte gewagt, das Geld weiterzugeben an Angehörige Verfolgter, Ermordeter. Es war ja ein Geschenk des Führers. Belohnung für treue Dienste.

Es war Bestechung. Sie beriefen sich auf ihren Eid und wussten doch, dass er keine Gültigkeit hatte, seit ihnen die Verbrechen des Regimes bekannt waren. Sie wussten auch, dass sie mit der Beseitigung des Diktators keinen Rückhalt im Volk gehabt hätten. Dennoch hätten sie handeln müssen. Es wäre ihre Pflicht gewesen. Aber sie fürchteten nichts so sehr wie eine neue Dolchstoßlegende. Sie zogen es vor zu gehorchen.

Die Attentäter waren der höheren Pflicht gefolgt und hatten ihr Leben dafür gegeben. Sie waren die Helden Deutschlands. Und Hitler wollte sie hängen sehen wie Schlachtvieh. Bei jeder Hinrichtung lief eine Kamera zur Erbauung des Führers, der sich weiden wollte am Todeskampf der Gerichteten, der zusehen wollte, wie der Henker den Männern die Würde nahm. Keiner der Generale und Feldmarschälle fand die Kraft auszusprechen, was sie alle wussten: Das Attentat war der Versuch gewesen, Deutschlands Ehre zu retten, sinnlose Menschenopfer zu beenden. Wäre es gelungen, hätten Millionen nicht sterben müssen. Der Krieg war verloren. Das wussten sie und das wusste ihr Führer, der trotzdem täglich Tausende in den Tod schickte. Sie nahmen es hin, verharrten in stummem Gehorsam, machten sich mitschuldig an den Verbrechen. Ein mit Orden behängter Feldmarschall ertrug die Erbärmlichkeit, einem, Ehrengerichtshof' vorzusitzen, der seine Kameraden aus der Wehrmacht ausstieß, damit sie nicht erschossen sondern gehenkt werden konnten.

*

Da sitzt der alte Mann am Fenster seines Krankenzimmers, hat die beiden Krücken zwischen seine Beine gestellt und denkt an die Schande. Er erlebt schmerzhaft, wie tief seine Bindung an Deutschland ist. Er kann sich nicht freisprechen. Auch er hat dem Diktator gedient, als die Pflicht ihn band und er den Dienst als Abenteuer erlebte. Er denkt an den preußischen General von der Marwitz, der dem Befehl seines Königs, ein Schloss zu plündern, nicht gehorchte und seinen Abschied nahm. Auf seinen

Grabstein ließ er schreiben: Er wählte Ungnade, weil Gehorsam nicht Ehre brachte.

Im März 1945 hatte er die Offiziersschule in Mähren abgeschlossen, war zum Leutnant befördert und in die so genannte Führer-Reserve bei Augsburg verlegt worden. Einer von vielen jungen Offizieren, die auf ihren Einsatz warteten. Es gab ein Gerücht, man wolle sie schonen, gegen den Willen des Führers. Der Krieg war verloren. Der Feind stand im Land. Warum opfern, wer noch am Leben ist. Jeden Tag konnte er die amerikanischen Bombergeschwader beobachten, die Deutschland überflogen, um ihre Bomben auf deutsche Städte abzuwerfen. Er hörte die Meldungen vom Vormarsch der Alliierten über den Rhein und vom verbissen geführten Abwehrkampf gegen die Rote Armee an der Oder. Er wusste seine Familie am westlichen Stadtrand von Berlin. Zur Verteidigung der Stadt wurden die letzten Kräfte zusammengezogen, neue Divisionen aufgestellt und mit Resten anderer ergänzt. Und er war in Sicherheit, weit weg von Berlin, wo der Krieg zu Ende ging.

Er meldete sich zu einer der neuen Divisionen, Kurmark hieß sie, trug den Namen seiner Heimat, der Mark Brandenburg. Keiner der anderen jungen Offiziere verstand ihn, sie wollten es ihm ausreden, das Ende des Krieges stehe doch unmittelbar bevor.

Der Kommandeur versuchte, ihn zurückzuhalten, es sei fraglich, ob er überhaupt noch an die Oderfront durchkomme. Er bestand auf seinem Wunsch und erhielt den Marschbefehl zur Division Kurmark. Es wurde eine Reise mit vielen Unterbrechungen. Züge fuhren zwar noch, doch die Strecke war hier und da zerstört. Dann stieg man um auf Militärfahrzeuge oder Lastwagen, deren Fahrer daran gewöhnt waren, Soldaten mitzunehmen.

Er erlebte Angriffe britischer Jagdflieger. Er sah, wie sie im Tiefflug Menschen jagten, die aus dem Zug flüchteten, sich im Wald zu verstecken suchten. Sah mit an, wie Frauen und Kinder getroffen wurden. Er sah, wie die Piloten immer von neuem anflogen, sich jede Bewegung als Ziel nahmen, als sei es ein Sport. Sie konnten erkennen, dass es keine Soldaten waren, die sie jagten, sondern Frauen und Kinder. Und sie hörten nicht auf, die Fliehenden zu jagen. Er hörte die Schreie der Verletzten, er sah die Sterbenden. Der Krieg machte nicht mehr Halt vor den Wehrlosen.

Und er? Er dachte nur an sein Ziel, die Division Kurmark. Er durfte keine Zeit verlieren. Der Zug würde nicht weiter fahren. Wieder ein Zug, der auf der Strecke liegen blieb.

Der Kessel der Lokomotive war getroffen worden. Das Zischen des Dampfes mischte sich in die Schreie der Verletzten. Sanitäter versuchten zu helfen. Er nahm sein Gepäck und machte sich auf den Weg zur nächsten Straße. Dort stand er, bis ein LKW anhielt und ihn einsteigen ließ. Der Fahrer war freundlich, schien Sudetendeutscher zu sein. Der Beifahrer rückte zur Seite, machte ihm Platz, ihm und seinem Gepäck. Sie fuhren langsam, immer der Tiefflieger gewärtig. Und er sah sie hängen, an Bäumen und Laternen, in den böhmischen Städten und Dörfern. Soldaten, die sich hatten retten wollen. Ein schreckliches Bild, Zeichen der Auflösung, der Hilflosigkeit. Der Führerbefehl galt seit Januar. Jeder Soldat, den man ohne Marschbefehl antraf, wurde am nächsten Baum aufgehängt. Es gab keine Kriegsgerichtsverfahren mehr, nur noch die Hinrichtung.

Am Rand einer kleinen Stadt im Norden Böhmens ließ er den Fahrer halten. Er sah ein Haus, dort musste es eine Toilette geben. Er würde nicht im Straßengraben seine Notdurft verrichten müssen. Er bat den Fahrer zu warten, und der versprach es. Doch als er das Haus nach einigen Minuten wieder verließ, war der LKW weitergefahren und mit ihm sein Gepäck. Und im Gepäck sein Marschbefehl. Er musste ihn haben.

Das nächste Auto hielt er an. Zwei Offiziere der Feldgendarmerie saßen in dem Auto. Er bat sie, ihn mitzunehmen, den LKW einzuholen. Sie fragten nach seinem Marschbefehl. Er erklärte, was zu erklären war. Sie brachten ihn zur Kommandantur in Karlsbad. Es ging alles sehr schnell und er begriff die Gefahr. Der Führerbefehl.

Der Stadtkommandant, ein älterer Major, fragte, ob ihm bewusst sei, was ihn erwarte. Ihn, den jungen Leutnant.

Draußen auf dem Platz vor der Kommandantur hingen sie an den Bäumen, Deserteure, aufgegriffen ohne Marschbefehl, ein gewohntes Bild. Knapp erklärte er, warum er seinen Marschbefehl nicht bei sich habe, beschrieb den LKW, mit dem er gefahren war. Der Major ließ ihn stehen, er solle warten. Die Tür fällt zu. Allein. Er greift nach seiner Pistole. Der Major hat sie ihm nicht abgenommen. Soll dies eine Chance sein? Gibt der Major ihm Gelegenheit, sich zu retten, das Gebäude unbehelligt zu verlassen? Oder der Hinrichtung zuvorzukommen, sich selbst zu erschießen? Er steht da, wie gelähmt. Mitten im Raum. Die Gerichteten vor Augen, die an den Bäumen hängen. Er hört die Tür. Jemand berührt seinen Arm. Eine Rotkreuzschwester steht neben ihm, hält ihm einen Zivilmantel hin.

Nehmen Sie ihn, ziehen Sie ihn an. Laufen Sie weg.

Er reagiert nicht.

Sie müssen leben. Lassen Sie mich.

Auch damals, erinnert er sich, ein Gefühl großer Ruhe. Haltung bewahren. Er stellt sich vor, wie er da hängen wird, bei den anderen. Ein unrühmliches Ende. Absurd. Und doch so nah. Er spürt keine

Angst. Ich bin neunzehn, denkt er, so jung. Er blickt hinaus durch eins der hohen Fenster. Er nimmt Geräusche wahr, Geräusche von draußen und Geräusche im Gebäude. Eine gedämpfte Geschäftigkeit, Schritte von schweren Stiefeln, leichte Schritte. Er hört Tiefflieger. Er erinnert sich an die in das Waldstück flüchtenden Frauen, an die Angst der Kinder. Er meint das Zischen des Dampfkessels der Lokomotive zu hören, das Rattern der Schüsse, die Schreie der Verletzten. Die Schreie sind laut gewesen, unerträglich laut. Und immer wieder das monotone Dröhnen der Tiefflieger, die wehrlose Menschen jagen. Er hört die Tür.

Der Major ist wieder da, geht an ihm vorbei hinter seinen Schreibtisch. Ihm fällt auf, dass die Fenstervorhänge von schwerem Stoff sind und lange Kordeln an ihnen hängen. Ihm fällt auch auf, dass der Major hinter seinem Schreibtisch stehen geblieben ist und ihn ansieht, unbewegt.

Es ist still im Raum, ganz still. Er hört keine Geräusche mehr. Er ist wehrlos, ausgeliefert. Da hört er sich selbst. Er hört sich sprechen in die Stille des Raums. Lassen Sie mich erschießen, Herr Major, wenn es sein muss, aber nicht hängen. Und leise sagt der Major.

Der Führerbefehl. Da schreit er. Dieser Scheißbefehl geht mich nichts an. Er schreit dem Major ins Gesicht. Ich will an die Front. Meine Familie lebt in Berlin. Fällt Ihnen nichts Besseres ein als dieser unsinnige Befehl? Er ist selbst überrascht, dass er so kaltblütig umgehen kann mit der Gefahr. Überwältigt vom eigenen Zorn sieht er den Major an. Und er sieht, wie der ins Wanken gerät. Der Führer ist weit weg. Es hängen schon so viele arme Soldaten an den Bäumen. Und der Major nickt ihm zu, setzt sich hinter seinen Schreibtisch und stellt ihm den Marschbefehl aus zur Division Kurmark.

*

Er fährt durch Dresden, sieht die vernichtete Stadt. Und weiter geht es, der Zug fährt langsam durch zerstörte Bahnhöfe, neben den Gleisen Leichen, auf Gepäckwagen gestapelt. Schließlich steht er am letzten Kontrollpunkt vor Berlin, in Zossen, dem Heereshauptquartier. Ein Offizier sieht ihn an, prüft den Marschbefehl. Auf seine Frage nach zwei Tagen Urlaub, um die Familie im Westen der Stadt besuchen zu können, ein verständnisvoller Blick: Du hast recht, Kamerad, mach', dass du wegkommst. Doch an Flucht denkt er nicht. Er würde die Mutter sehen, die Schwestern, aber sein Ziel ist die Front. Ohne zu denken, ohne zu verstehen, folgt er dem Gesetz, handeln zu müssen. So wie er nicht hätte warten können, tatenlos in Augsburg, so könnte er jetzt nicht fliehen wie viele andere.

War es wirklich die Familie dort am Rand von Berlin? Oder war es nur Vorwand? Musste es sein, weil es nach der ganzen Ausbildung noch keine Schlacht gegeben hatte? Und jetzt tobte die letzte Schlacht, dort an der Oder. War es das Abenteuer, das einen Abschluss haben wollte? Überhaupt nicht nachdenken, prüfen, abwägen müssen, einfach handeln. War es Verzicht auf eine Sicherheit, die nicht zu ertragen war?

Er hatte an Rückzügen teilgenommen, von Italien war sein Bataillon nach Frankreich verlegt worden. Auch von dort Rückzug.

Wenige Tage in Stellung und weiter. Ausweichen, Partisanen im Rücken. Die ersten Toten. Bar le Duc. Ein Kamerad, fremd, allein in einer Garage liegend. Wer würde sich des Leichnams annehmen. Befehl: Weiter.

Verteidigung an der Mosel. Pont-à-Mousson. Am anderen Ufer des Flusses die Amerikaner. Schüsse am Tag. Nachts Stille. Kein Wind, Wolken am Himmel. Ein Boot nähert sich der deutschen Seite. Nur leichte Paddelgeräusche. Vorsichtig berührt das Boot Sand und Gras. Er und seine Gruppe, getarnt hinter Bäumen, im Gebüsch, lassen sie aussteigen.

Drei Mann in leichter Uniform. Einer hält das Boot fest.

Halt! Er steht auf, entsichert die Pistole. Die Gewehre seiner Leute sind auf die Amerikaner gerichtet. Ihr Anführer, ein junger

Mann wie er, fängt an zu lachen, hebt die Hände hoch, wendet sich um zu seinen Kameraden: Why risk more life. We won the war.

*

Und nun der letzte Akt. Das Chaos vor dem Untergang. Die letzten Zuckungen der furchtbaren Niederlage. Er war durch das erstarrte Berlin gefahren. Die Stadt wartete auf die Russen, wie betäubt. Es fuhr noch die S-Bahn bis Fürstenwalde vor den Toren der Stadt. Die Division Kurmark war Teil der 9. Armee, die hatte dem Ansturm der Russen nicht standhalten können. Sie wich zurück zwischen den Seen, an denen die Wohlhabenden sich ihre Villen gebaut hatten.

Er übernahm Aufgaben im Stab des Divisionskommandeurs. Er fuhr mit dem Motorrad hin und her zwischen den Einheiten der Division, sah alte Volkssturmmänner, verschreckte Hitlerjungen, Angst in den Augen.

Vierzehnjährige mit Waffen, die sie nicht bedienen konnten. Ihm wurde eine Gruppe dieser Kinder unterstellt. Er spürt die Angst eines Jungen, dem er die Hand verbindet. Ein Finger ist abgerissen. Aber der Junge hat Glück gehabt, das Geschoss hat die Hand am Gewehr getroffen, nicht den Kopf.

Der Bataillonskommandeur, preußischer Adel, liegt neben ihm in Deckung. Er wirkt fast heiter, losgelöst. Auch er hat die Angst des

Jungen gesehen, der sein Sohn sein könnte. Es ist vorbei, sagt er, der Spuk ist vorbei. Wir haben verloren. Alles verloren. Schade. Und der Kommandeur steht auf aus der Deckung und geht, aufrecht, bietet dem Feind sich an. Schüsse. Aber keine Kugel trifft ihn. Nach Tagen mit Abwehrgefechten, Ausweichmanövern, Absetzbewegungen rücken die sich an verschiedenen Abschnitten gegen den Druck der Russen wehrenden Teile der Armee zusammen, um sich schließlich in einem Waldgebiet südöstlich Berlins vom Gegner eingeschlossen zu sehen, während die russischen Armeen von Osten und Süden auf das Zentrum der Hauptstadt vorrücken. Im Kessel zusammengedrängt neben dem Rest der Division Kurmark Reste anderer Divisionen und Einheiten, Panzerregimenter der Waffen-SS. Es sind auch Tausende von Flüchtlingen, die hoffen, im Schutz der Armee überleben zu können. Sie haben alles verloren, sind Hunderte von Kilometern aus der Heimat geflohen, ihre letzte Hoffnung ist das Land westlich der Elbe, wo die Amerikaner stehen.

Tage und Nächte gehen in eins über. Russische Aufklärer und Kampfflugzeuge überfliegen die Eingeschlossenen, werfen Handgranaten und Bomben. Sie werfen auch Flugblätter, Aufforderungen den Widerstand aufzugeben. Ergebt euch.

Schließlich ist die Planung des Ausbruchs aus der Umklammerung abgeschlossen, sind die vorhandenen Kräfte geordnet und auf den Ort konzentriert, wo der Ring gesprengt werden soll. Halbe, ein größeres Dorf mit Bahnstation im Südosten Berlins. Was dort in den frühen Morgenstunden des 28. April 1945 geschieht, hat sich ihm in ungeordneten, blutigen Bildern eingeprägt. Den Aufklärern ist nicht verborgen geblieben, wo der Ausbruch stattfinden wird. Sie haben die Bewegungen der Panzereinheiten beobachtet. Ihre Panzerabwehrgeschütze und Granatwerferbatterien konzentrieren das Feuer auf den Ort. Und der Versuch durchzubrechen misslingt. Die Panzer können die Sperren nicht überwinden, die ersten werden vernichtet und blockieren die Straße. Im Getöse explodierender Granaten Schreie von Verwundeten, überall Tote. Ein Panzer brennt, beleuchtet das Chaos in der Spitzenformation. Die löst sich auf. Einen anderen Panzer trifft eine Panzerfaust, saugt sich fest. Der Turm fliegt in die Luft. Im Feuerstrahl wird ein Mann hinausgeschleudert. Scharfschützen müssen sich im Ort befinden, links und rechts neben ihm werden Kameraden getroffen.

Hinter ihm ein groteskes Bild: In seinem Kübelwagen der Bataillonskommandeur schlafend, am Hals das Ritterkreuz, am Steuer kein Fahrer. Er will den Kommandeur wecken, rüttelt ihn. Der winkt ab, sinnlos, scheint er sagen zu wollen, und schläft wieder ein, vom Feuer beleuchtet.

Und er selbst? Von Chaos, von Angst und Hoffnungslosigkeit scheint er unberührt. Er fühlt sich wach, gefordert. Er duckt sich nicht wie die anderen, keine Angst lähmt, kein Granatsplitter trifft ihn. Er weiß nur eins. Handeln. Das Geschehen läuft ab wie ein Film. Unrealistisch verlangsamt und doch ganz real. Geräusche, obwohl von tosender Nähe, kaum wahrnehmbar. Verwundete und Sterbende, fliehend, hinsinkend wie in einem apokalyptischen Ballett. Er nimmt das alles um sich herum kaum wahr. Er sieht einen Weg zwischen zwei Gehöften, ein Panzer bewegt sich rückwärts, in der offenen Luke der Kommandant. Sie verständigen sich. Er fragt nach einer Leuchtpistole, erhält sie und eine Packung Patronen. Zwei Freiwillige schließen sich ihm an. Der Weg zwischen den Gehöften führt auf ein Feld, dahinter sieht er ein Waldstück. Von dort kommt das Feuer der Russen.

Immer wieder Deckung suchend nähern sie sich dem Waldrand. Dann die erste Leuchtpatrone. Hell beleuchtet ist die Stellung der Russen zu erkennen. Die Geschütze der deutschen Panzer treffen ihr Ziel. Und jetzt stürmen sie vorwärts, ihre Handgranaten erledigen den Rest. Überlebende sieht er in die Tiefe des Waldes flüchten. Die Dynamik des Angriffs trägt sie weiter. Hinter ihnen brechen die Panzer sich Bahn. Eine Stunde später Halt vor der Autobahn. Zerschossene Fahrzeuge. Leichen, Trümmer. Der

Gefechtslärm nun weiter entfernt. Die Panzer beziehen Stellung am Waldrand. Ein paar hundert Meter vor ihnen sind die Abwehrgeschütze der Russen in Stellung gegangen. Die Panzer eröffnen das Feuer. Wieder gelingt es, den Gegner auszuschalten. Der Weg nach Westen ist frei. Es war sein Handeln gewesen. Er hatte nicht aufgegeben. Er war gestürmt und weiter gestürmt, andere waren gefolgt, der Widerstand des Feindes war gebrochen. Alles geschah wie in einem Rausch.

Vor Augen hat er das Gesicht des jungen blonden Russen, der ihn sterbend anblickt wie einen Freund oder Bruder. Er war schneller gewesen, als der andere ihm plötzlich gegenüberstand.

Später, wenn er sich an den Blick dieses Sterbenden erinnert, hat er sich gefragt, ob das Getötetwerden Freiheit bedeutet, Freiheit und Frieden. So sieht er noch heute den Ausdruck in den Augen des anderen.

Er denkt an den Augenblick, als er selbst getroffen wird. Immer noch stürmt er, bahnt er den Panzern und den Kameraden den Weg. Da spürt er den Schlag unter dem linken Arm. Und er sieht den Mann, der auf ihn schießt. Ein deutscher Soldat, nicht weit entfernt, vielleicht zehn Meter, stehend hinter einem Baum. Ein Seydlitz-Mann, der auf der anderen Seite kämpft, der weiterschießen will, aber sein Magazin ist leer. Das rettet ihm das Leben. Er fühlt die Kugel in der Brust, die Lähmung des Arms. Er weiß, stürmen kann er nicht mehr. Später entdeckt er sechs Löcher in seiner Uniformjacke. Sechs Schüsse aus nächster Nähe und nur ein Treffer.

*

Im Kampf zu töten oder getötet zu werden öffnet den Blick in eine andere Dimension. In eine Weite, in der es Krieg nicht mehr gibt. Der dankbare Blick des sterbenden Russen, der Mann, der auf mich schießt und mich ansieht ohne Hass und den ich zu verstehen glaube. Ich wüsste gern, was er in meinem Blick gesehen hat. Die spürbare Nähe des Todes schenkt uns vielleicht eine Ahnung vom tieferen Leben, in dem wir die Wirklichkeit überdauern. Es wäre zu wünschen. Noch einmal sah ich den Tod. Ich sah ihn in den Augen des Kommandeurs, als er seinen Kübelwagen stehen lassen musste, weil der Tank leer war. Er nahm eine Wolldecke und gab sie mir, dem Verwundeten. Mehr habe ich nicht, Ihnen zu danken. Und ich sah den Tod in seinem traurigen Blick.

Ich bin durch die Gräberreihen gewandert, im Wald am Rande von Halbe. Viele Jahre später. Gräber mit Namen und Namenlose. Es sind mehr als 25.000 Gräber. Gefallene, ums Leben gekommen beim Ausbruch am 28. April 1945. Sinnlose Opfer eines längst verlorenen Krieges. Wie die vielen Millionen, die ihrem Führer gehorcht hatten, im Glauben, für ihr Vaterland zu kämpfen, das dieser zu einem Verbrecherstaat gemacht hatte. Frauen säubern die Gräber, entfernen Unkraut von den Kreuzen. Schweigend. Frauen, deren Mütter und Großmütter das Ende des Kriegs erlebten. Ein Dienst, der nie endet.

Was hätte ich getan, wenn ich gewusst hätte, was ich heute weiß. Millionen unschuldiger, wehrloser Menschen wurden ermordet, weil sie Juden oder Polen waren. Die besten Deutschen wurden hingerichtet, weil sie ihr Vaterland retten wollten. Die Schande vom November 1938 war nur eine Kostprobe gewesen. Hätte ich das Abenteuer leben können, hätte es die Pflicht geben können, der ich gefolgt bin, ohne zu denken? Nein. Fahnenflucht wäre meine Pflicht gewesen.

*

Der Himmel ist hell geworden. Er bemerkt es nicht, so tief ist er in seine Gedanken versunken. Das Geräusch der Tür holt den Schlafenden zurück aus der Vergangenheit. Die Krankenschwester will Blut abnehmen und den Blutdruck messen. Sie hilft ihm aufzustehen, er legt sich aufs Bett.

Vorsichtig sticht sie die Nadel in die Vene der Armbeuge und er sieht, wie sein Blut langsam durch die Kanüle in das Röhrchen fließt. Er fühlt Müdigkeit. Wieder liegt ein Tag vor ihm, an dem nur ein paar Minuten Gymnastik, Massagen und sonst nichts auf ihn wartet. Zeit zu denken, Zeit sich zu erinnern.

*

Es ist heiß auf der Strandpromenade. Heiß wie damals im Juli 1944 in Italien. Schritt für Schritt übt er das Gehen mit den Krücken. Er stellt sich vor, wie beweglich, wie schnell er damals war als junger Soldat, wie er schleichen konnte, geduckt, lautlos, sich stets der Gefahr bewusst. Es hat seine Kräfte, seine Phantasie wach gehalten. Es war Leben, Abenteuer, Romantik. Er bleibt stehen, nimmt wahr, was um ihn herum geschieht. Rechts Strandkörbe, spielende Kinder, junge Männer beim Federball, Sonnenschirme, die Ostsee fast unbewegt. Links flache Dünen, Heckenrosen. Eine Horde Kinder läuft an ihm vorbei. Doch das alles bleibt fern, trotz der Nähe. Immer noch kann er sich nicht lösen von der Erinnerung an die Tage und Nächte nach dem Ausbruch. Der Weg durch die Wälder südlich von Berlin. Kein Schlaf, nichts zu essen. Immer wieder Russen im Weg, Chaos, Schießereien. Das Ziel der einen Berlin, der Sieg, das der anderen die Elbe. So kreuzten sich ihre Wege. Und dann, im Morgenlicht die sumpfigen Wiesen, bevor sie die Verteidigungslinie bei Beelitz erreichten. Der letzte Panzer bleibt liegen. Im sumpfigen Grün versinken die Räder des Lastwagens mit dem Klavier des Generals.

*

In seinen Gedanken steigt er in den Eisenbahnwaggon für Verwundete. Seine Beine sind schwer, die Erschöpfung wird ihm bewusst. Drei Tage und Nächte ohne Schlaf, ohne Essen. An die Lähmung des Arms hat er sich gewöhnt. Die Kugel muss einen Nerv getroffen haben. Ein Sanitäter öffnet die Tür zu einem Abteil. Im Gang ein Offizier der Feldgendarmerie.

Geben sie mir ihre Waffe, Herr Leutnant. Warum. Der Krieg ist vorbei für Sie. Für uns alle. Er sieht dem Mann in die Augen. Er gibt ihm die Waffe, das Lächeln des anderen wird unscharf, verschwimmt. Tränen. Seine Tränen.

Er weint. Was ist das. Erschöpfung? Der Abschied vom Abenteuer? Die Niederlage? Wieder denkt er an den Satz seines Lehrers.

Die brennenden Synagogen 1938 waren ein Zeichen, eine Warnung. Sein Lehrer hatte das Zeichen erkannt und sein Wort von der Schande hatte sich ihm eingeprägt. Dennoch hatte er gedient wie sein Vater und dessen Brüder gedient hatten, im Ersten Weltkrieg. Und wie die Vorfahren in den anderen Kriegen. Wie sein Ur-Urgroßvater in der großen Armee gedient hatte, auf dem Marsch nach Moskau. Ausgezeichnet mit dem Kreuz der Ehrenlegion von Napoleon persönlich. Die Worte des Kaisers wurden von Generation zu Generation weitergegeben. Ehrfürchtig und stolz.

Tu es bien jeune pour porter la croix d´honneur, mais j´en ai de rapport et j´espère que tu la porteras avec honneur.

Auch sein Vorfahr hatte sich vom Abenteuer locken lassen. Er hatte überlebt, war in Gefangenschaft geraten und nach Sibirien ebracht worden. Er war aus dem Lager geflüchtet und über Indien und Persien in monatelanger Wanderung zurückgekehrt, hatte Paris erreicht, war in den Dienst des bourbonischen Königs getreten. Er war geadelt worden. Schließlich war er heimgekehrt nach Holstein, hatte ein Gut gekauft und sich in Hamburg als Arzt niedergelassen.

*

Er selbst war zu blind gewesen zu erkennen, wie der Verbrecherstaat sein Pflichtgefühl, das Ethos, das ihn band, missbrauchte. Im Erleben des Krieges hatte er seine Kraft gespürt, der Krieg hatte sie zur Entfaltung gebracht. Und jetzt, im Abgeben der Waffe, wurde er sich seiner Niederlage bewusst. Seiner Niederlage, die auch die Niederlage seines Volkes war. Und er weinte. Entkräftet, verwundet, gedemütigt. Auf der Flucht aus dem Krieg, der sein Abenteuer gewesen war. Anteil am Abenteuer eines größenwahnsinnigen Diktators, der keine Skrupel kannte, Millionen in den Tod zu schicken.

Wie notwendig die Niederlage war, konnte er damals nicht wissen. Noch sind seine Gedanken bei den Toten, bei den Gefallenen, den von Russen erschlagenen alten Männern in den Dörfern, durch die sie gezogen waren. Bei den Frauen sind seine Gedanken, den an die Eroberer ausgelieferten, in deren Augen er das Entsetzen sah. Wie anders der unschuldige Ausdruck im Gesicht des jungen, russischen Soldaten, den er getötet hatte. Die beiden Gesichter des Krieges. Und diesen Krieg hatte er als Abenteuer erlebt.

*

Dreißig Jahre später – er war für einen Film über Adolf Eichmann in Jerusalem – traf er einen Überlebenden des Völkermords, einen Juden aus Wilna. Der sagte in gebrochenem Deutsch: Wir haben es nicht leicht gehabt in Polen. Und in Russland. Immer wieder Pogrome. Dann war Krieg und wir hörten, die Deutschen kommen. Sie sind schon in Warschau. Froh waren wir. Und dankbar. Die Deutschen sind ein Kulturvolk. Es wird uns gut gehen.

Die Stimme des Juden aus Wilna zitterte, als er das sagte. Und ernst sah der Jude ihn an.

*

Seine Flucht war noch nicht zu Ende. Er sieht sich im hektischen Getriebe auf dem Gutshof, der als Notlazarett dient. Die Russen sind nicht mehr weit. Westlich der Elbe, ein paar Kilometer entfernt, stehen die Amerikaner. Er denkt an den Arzt, der ihm die Kugel aus der Brust entfernt, an den Weg zur Eisenbahnbrücke, die noch intakt ist. Wer laufen konnte, für den war der Weg frei auf die andere Seite. Er denkt an das Grinsen des breitschultrigen Sergeants der sie auf der Brücke in Empfang nimmt. Der Unterarm bis zum Ellenbogen mit erbeuteten Armbanduhren bedeckt. Auch ihm wird die Armbanduhr abgenommen. Wieder ein Zeichen der Niederlage. Quittung für Weltmachtphantasien des Diktators, dem das deutsche Volk willenlos gefolgt war. Dem sogar jene gefolgt waren, die ihn reden hörten im Götterdämmerungswahn, als er dem deutschen Volk den Untergang wünschte, weil es nicht siegen konnte. Weil er nicht siegen konnte. Deutschland war sein Spielzeug gewesen, der Tempel seiner Größe sollte es sein. Nun brach er in sich zusammen, der Tempel. In den Abgrund damit.

Er bleibt stehen mitten auf der Strandpromenade. Er sieht das fröhliche Treiben am Strand, die unschuldigen Kinder, die zufriedenen Mütter und Väter, die ihre Ferien genießen und nicht ahnen können, was in ihm vorgeht. Denen nicht einmal auffällt, dass der alte Mann mit seinen Krücken da steht wie ein Denkmal, versunken in seine Gedanken.

Er denkt an die Rede des Bundespräsidenten Weizsäcker zum 40ten Jahrestag des Kriegsendes. Dank für die Befreiung des deutschen Volkes. Falsch! Deutschland war besiegt worden, nicht befreit. Deutschland hatte nicht die Kraft gehabt, sich selbst zu befreien. Wer als Deutscher sich befreit fühlte, hätte gleichzeitig Scham empfinden müssen, nicht aufgestanden zu sein gegen das Unrecht. Die Sieger hatten ihr Kriegsziel erreicht. Deutschland sollte nicht noch einmal danach streben können, Weltmacht zu sein. Es sollte das europäische Gleichgewicht nicht noch einmal ins Wanken bringen. Mit Hitler an der Spitze hatte Deutschland die Völker Europas überwältigt. Deutschlands Elite, die Führenden im Militär, in der Wirtschaft, in den Kirchen und an den Universitäten hatten gewusst von den Verbrechen, die das deutsche Volk nie gewollt haben würde. Sie hatten nicht die Kraft gehabt, dem Einhalt zu gebieten. Angst und Feigheit wurden unter Hitlers Führung gezüchtet. Die wenigen, die Widerstand gewagt hatten, wurden im Stich gelassen.

Sie bezahlten mit ihrem Leben. Und das deutsche Volk? Es hatte seinem Führer zugejubelt und seine Erfolge gefeiert.

Warnungen waren nicht gehört worden. Warnungen, die voraussagten, was Deutschland unter Hitlers Führung bevorstand. Ernst Niekisch schrieb 1932: *Hitler, ein deutsches Verhängnis*. Er sah alles voraus, was später geschah. Man nahm ihn nicht ernst. Man wollte ihn nicht ernst nehmen. Und es gab Hitlers Buch *Mein*

Kampf, das in Millionen Exemplaren gedruckt und verkauft wurde. Ehepaare bekamen es zur Hochzeit als Geschenk des Führers. Vielleicht las man es nicht gründlich, es war schlecht geschrieben, aber es gab Auskunft über Hitlers Programm. Das verhasste Diktat von Versailles versprach er zu beseitigen, Deutschlands Größe wiederherzustellen. Mehr Raum für die Deutschen im Osten. Wieder war da die Verlockung, stark zu sein. Stark, wie zu Kaisers Zeiten. Stärker als die Nachbarn. Mit der Aussicht auf Rache für die Demütigung des Diktats fand Hitler Zustimmung bei allen national Gesinnten. Und es waren da die Papen, Hugenberg, die großen Industrieherren, die Bankiers, die meinten, den Mann der Straße benutzen zu können zum eigenen Vorteil.

Und der, als er Reichskanzler geworden war, fing an zu erfüllen, was er versprochen hatte. Die Arbeitslosen konnten wieder arbeiten, die Konzerne machten Gewinne. Auf den Straßen gab es keine Krawalle mehr, Ruhe und Ordnung lösten das Chaos der Zwanziger Jahre ab. In vier Jahren war das Deutsche Reich wieder aufgerichtet, sein Führer wurde bewundert. Ein befreiendes Aufatmen ging durch das Land, das Diktat von Versailles war überwunden. Der Führer machte es möglich, indem er Deutschland für den nächsten Krieg rüstete. Die Wehrpflicht wurde wieder eingeführt. Rüstung schafft Arbeitsplätze. Rüstung wird zum Motor der Wirtschaft. Am Krieg, der Elend und Tod für die Menschen bedeutet, verdienen Banken und Industrie. Hitler brauchte den Krieg, den Erfolg. Er wollte sich berauschen an der Größe des Dritten Reiches, die seine Größe sein würde. Er wollte alles sein, Bauherr, Feldherr, Herr über das Volk. Er wollte Bewunderung, Anbetung und Unterwerfung. Und das Volk erfüllte seine Wünsche. Er wurde bewundert, angebetet. Man unterwarf sich. Heil Hitler.

Die Sportler der Welt kamen zu den Olympischen Spielen nach Berlin, um den Triumph des neuen Reichs zu erleben. Und der Führer sonnte sich im Erfolg. Auf der Waldbühne, die damals Dietrich Eckart Bühne hieß, gab es eine pompöse Aufführung seiner Lieblingsoper: Richard Wagners *Rienzi*. In dem römischen Revolutionär sah Hitler sich selbst. Groß und theatralisch geht Rom mit Rienzis Tod in Flammen unter. Und keiner erkannte das Zeichen. Später, im Krieg, wurde jede Nachricht von einem Sieg deutscher Armeen eingeläutet mit den ersten Takten aus Rienzis Gebet. Düster, pathetisch. Und auch da erkannte keiner das Zeichen.

*

Aus Scham haben die Deutschen, als es das Reich nicht mehr gab, als ihr Land in Trümmern lag, nicht wahrhaben wollen, dass sie sich unterworfen, dass sie die Erfolge, die Macht des Diktators gefeiert hatten.

Sie verschwiegen, sie verdrängten, sie verleugneten, sie fanden nicht die Kraft zu bekennen. Sie versammelten sich unter der Haube Kollektivschuld. Die gibt es nicht. Schuld ist individuell, und jeder weiß von seiner Schuld, wenn er schuldig ist. Die zwölf Jahre Drittes Reich mit Hitlers Erfolgen, mit den Siegen der deutschen Armeen, mit den Verbrechen des Regimes, mit den Millionen Toten und den wehrlosen Opfern, mit den zerstörten Städten, der furchtbaren Niederlage und dem Ende des Staates sind Teil der Geschichte Deutschlands.

Sie können nicht geleugnet werden. Sie müssen angenommen werden, damit sie überwunden werden können. Wir müssen uns zu ihnen bekennen, wie ich bekenne, dass ich gedient habe. Das Gift der Verleugnung, das Gift der Verdrängung darf nicht weiter wirken in unseren Kindern und Enkeln, die frei sind von Schuld.

*

Gestützt auf die Krücken, am Strand der Ostsee, fühlt er die Scham wie damals, als sein Lehrer es eine Schande nannte, was in der Nacht des 9. November 1938 geschehen war. Es war eine Schande und es bleibt eine Schande, dass es in Deutschland möglich war, wehrlose Mitbürger ihres Besitzes und ihrer Freiheit zu berauben, ohne dass das ganze Volk dagegen aufstand. Die jüdischen Mitbürger waren deutsche Patrioten. Deutsche Kultur, ihre Strahlkraft nach außen, war deutsch und jüdisch geprägt. Jüdische Mitbürger hatten im Ersten Weltkrieg für Deutschland gekämpft. Als Patrioten. Sie, die Wehrlosen, zu schützen, wäre Pflicht gewesen. So hätte sie bewiesen werden können, die vom Führer beschworene Volksgemeinschaft. Es gab sie nicht. Oder es gab sie beim Wegsehen, beim sich Abwenden. Beim Hilfe unterlassen. Was bleibt, ist die Schande, die sein Lehrer gemeint hatte.

Er sieht eine Bank. Setzt sich und lehnt sich zurück. Die Ruhe, die ihn erfüllte, als seine Kraft versagte, kommt ihm vor wie ein Geschenk, um sich der Trauer bewusst zu werden. Und er begreift, wie sehr diese Trauer seine ganz eigene Trauer ist. Und wie sie ihn wärmt.

War ich frei, indem ich handelte? Ich hatte mich frei gefühlt, als ich mein Abenteuer lebte. Und ich hatte mich gebunden gefühlt an ein Ethos der Pflichterfüllung. Ich hatte dem Krieg Hitlers gedient. Ich hatte gedient wie die Generale und Feldmarschälle, die ich verurteile, weil sie gehorcht haben gegen ihr Gewissen.

Der Kampf um Stalingrad. Zweihunderttausend deutsche Soldaten wären nicht geopfert worden, wenn die Feldmarschälle Manstein und Paulus nicht gehorcht, wenn sie den Ausbruch gewagt hätten, gegen den Befehl ihres Führers. Ungehorsam wäre ihre Pflicht gewesen. Und ich? Indem ich mein Abenteuer auskostete, hatte ich der Schande gedient. Die Frage des Kameraden aus dem Elsass hätte mich nachdenken lassen müssen. Ich hätte mich an meinen Lehrer erinnern müssen, an die Scham, die ich empfand, als dieser das Wort Schande aussprach. Fahnenflucht wäre mein Recht gewesen.

*

Da sitzt er auf der Bank, und der Gedanke lässt ihn nicht los. Fahnenflucht wäre sein Recht gewesen. Warum hatte er dieses Recht nicht erkannt, nicht in Anspruch genommen. Von der Ermordung der Juden und Polen wusste er nichts, doch er hatte erlebt, wie ein deutscher Offizier ein Kind erschoss. Ein Verbrechen, das er nicht hatte verhindern können.

Bewusst war er sich der preußischen Haltung, Ungehorsam zu wählen, wenn Gehorsam nicht Ehre brachte. Was ist seine eigene Ehre. Pflichterfüllung? Oder entspräche die höhere Pflicht, die Fahne zu verlassen, einer höheren Auffassung von Ehre?

Gab es einen Zweifel, als er Fahnenflucht so schroff von sich wies? War die Schroffheit ein Zeichen dafür, dass es da einen Zweifel gab? Den Ungehorsam des preußischen Generals hatte er bewundert. Auch den Hauptmann, der zu den Partisanen überlief.

Also ist die schroffe Ablehnung ein hilfloses sich gegen den Zweifel wehren gewesen.

Ein Hungergefühl erlöst ihn, aber der Speisesaal der Klinik lockt ihn nicht. Hundert Meter entfernt an der Strandpromenade sieht er ein Bistro. Er greift nach seinen Krücken und steht auf. Drinnen wenige Gäste. Eine Vitrine, Selbstbedienung. Wie soll er das machen mit seinen Krücken? Eine Kellnerin kommt näher, steht ihm gegenüber, hinter der Vitrine. Ein offenes freundliches Gesicht, helle Augen. Sie lächelt. Er fragt nach einem Matjesbrötchen. Sie nimmt es aus der Vitrine. Schmale, kräftige Hände. Sie zeigt nach draußen, er geht und sucht sich einen Tisch. Schön ist sie, denkt er, schön und begehrenswert. Und er ist ein alter Mann, der an Krücken geht. Sie kommt an seinen Tisch. Ein leichtes Kleid, das ihre schlanke Figur umspielt. Seine Krücken, die er an einen Stuhl gelehnt hat, beachtet sie nicht. Stattdessen wieder ein Lächeln. Er zahlt. Sie nickt ihm zu.

Er sieht ihr nach. Sie ist sich ihres Körpers bewusst und sie zeigt es. Zeigt sie es ihm? Er denkt an die Zeichen der Frauen, die wortlose Verständigung. Wann hatte seine Hand das letzte Mal die Haut einer Frau berührt. Die nackte, weiche, weibliche Haut. Eintauchen in den anderen Körper. Die Quelle des Lebens finden. Sich verlieren in der Hingabe an gemeinsame Lust.

Er steht auf, nimmt seine Krücken, geht hinaus auf die Promenade. Er sieht das Wasser der Ostsee im Sonnenlicht, denkt an das Land gegenüber, an Schweden, an den Strand von Falsterbo, an die schönsten Wochen seiner Jugend, als er dort im Haus von Verwandten mit seinen Eltern und Schwestern die Ferien verbrachte.

Er denkt an die erste Liebe, seine Cousine, und an seine ersten Versuche Theater zu machen. Sie und er in kleinen Szenen, die er sich ausgedacht hatte und die sie vor den anderen spielten. Er denkt an die Umkleidekabine in den Dünen. Durch ein Astloch sah er sie nackt. Er sah ihre Brüste, die kleinen festen Knospen, das gekräuselte blonde Haar, das ihre Scham bedeckt. Er spürte sein Verlangen, hielt es zurück. Berührungen gab es nur, wenn sie tauchten, draußen im Wasser der Ostsee, wenn sie sich unter Wasser begegneten. Durch den Stoff ihres Badeanzugs konnte er sie fühlen. Es war ein Spiel, das jeden Tag die junge Liebe, das Verlangen nach Mehr wachsen ließ.

Nachts wanderten sie stundenlang durch Felder zu einer alten Mühle, saßen dort im Mondlicht und redeten über alles, was ihnen wichtig zu sein schien. Sie erzählten sich Witze, sie lachten, entdeckten gemeinsame Wünsche: Theater, Geschichte, Politik. Demokratie oder Diktatur. Deutschland als Bedrohung. Am Tag hatten sie am Horizont Kriegsschiffe gesehen. Es war August 1939.

Man sprach vom drohenden Krieg. Sie hatte auf die Schiffe gezeigt und zornig gesagt: Wenn ich du wäre, ich würde diesen Hitler erschießen. Doch wenn sie tauchten, gab es nur die Vorahnung sexueller Lust und sonst nichts.

Sie wurden getrennt. Sein Vater fürchtete wohl, es könne mehr werden als nur ein unschuldiges Spiel. Zum ersten Mal wurde seiner Freiheit eine Grenze gesetzt. Er musste vorzeitig zurück nach Deutschland. Sie begleitete ihn im Auto zum Hafen von Trelleborg, wo die Fähre nach Deutschland abfuhr. Die ganze Zeit hielt sie seine Hand. Sie schwieg und er fragte sich nicht, warum diese Trennung sein musste. Er nahm sie hin. Er wollte stark sein und Haltung zeigen. Es traf ihn, als er sah, dass sie weinte.

Vor Jahren hatte er einmal rebelliert, g e g e n seine Freiheit. Erregt hatte er dem Vater seine Freiheit vorgehalten, hatte hören wollen, wo die Grenzen dieser Freiheit seien. Er war zornig gewesen, seine Freiheit war ihm wie eine Last erschienen, er war den Tränen nahe gewesen, das hatte ihn erst recht empört. Er hatte Scham empfunden, weil er Schwäche gezeigt hatte. Der Vater war ruhig geblieben. Seine Antwort war knapp: Finde sie selbst, deine Grenzen.

War hier eine Grenze? War er im Begriff gewesen, sie zu überschreiten? Warum hatte er sich nicht gewehrt? Weil zum ersten Mal der sonst so tolerante Vater die Autorität des Älteren ausspielte? Oder hing die grenzenlose Freiheit, gegen die er damals rebelliert hatte, mit der Prophezeiung zusammen, die seine Mutter aufgeschrieben hatte. Eine kleine Notiz im Nachlass der Mutter: Eine Bäuerin saß während einer Fahrt in der Eisenbahn den Eltern gegenüber und betrachtete den kleinen Jungen aufmerksam. Er war damals ein Jahr alt gewesen und hatte sich sehr abweisend verhalten. Die alte Frau hatte unvermittelt gesagt, der Junge sei im August geboren. Er sei ein Herrenmensch. Er werde immer überlegt handeln, stark im Geist. Und er werde sich zum Weichen von Frauen lenken lassen. Wollten die Eltern ihn durch Erziehung nicht einengen oder beeinflussen, weil die alte Frau einen starken Geist in ihm gesehen hatte? Wach lag er auf einer Bank an Bord des Schiffes und seine Gedanken kreisten um die Grenzen der Freiheit. Er hat seine Cousine nie wieder gesehen. 60 Jahre nach diesem ersten Liebeserlebnis schrieb sie ihm einen Brief: Ich durfte im Auto wenigstens neben dir sitzen. Ein Koffer stand zwischen uns.

Schrecklich.

Nach dieser Trennung hat er sieben Jahre keine Frau wahrgenommen, begegnete er einer Frau, etwas älter als er, ganz Lust und weibliche Güte. Sie löste die Fesseln seines gebändigten Triebs und er brach auf zu seiner Wanderung durch den Garten der Lüste. Er hatte kein Ziel, keinen Plan. Er wanderte und vermied den Blick in die Tiefe. Ich genoss was sich bot, gab, was ich geben konnte, ohne darüber nachzudenken, was ich nahm und was ich gab. Nehmen und Geben lösten sich auf im Genuss. Meinte ich, etwas versäumt zu haben, etwas nachholen zu müssen? Lust ist ein Öffnen der Tür, aber hinter der Tür ist kein Niemandsland. Da ist ein anderes Leben, das gesucht, erforscht und entdeckt werden will. Lust, die die Tür nicht öffnet, bleibt an der Oberfläche. Spät erst glaubte ich, Tiefe im Wesen der Frau zu entdecken. Sie empfängt in der Tiefe, ihr Leben wächst in der Tiefe, ihr Verstehen rührt aus der Tiefe. Sie sehnt sich nach Verschmelzung in der Tiefe. Dort braucht sie keine Orientierung, dort ist sie bei sich. Sie genießt die Hingabe, aber sie wünscht sich mehr. In den Augen einer schwangeren Frau kann ich es sehen. Da zeigt sich mir alles, was Weiblichkeit ist. Sehnsucht, Güte, Verstehen, Dankbarkeit, Leben entstehen lassen zu können. Courbets Gemälde vom Ursprung der Welt lässt uns an den Kuss denken, in dem wir trunken sind vom Nektar aus der Quelle des Lebens. Die Trunkenheit kann blind, sie kann aber auch sehend machen. Sehend, um den anderen Menschen zu erkennen.

Er denkt an die Frauen, mit denen er gelebt hat. War er ihnen gerecht geworden. Hat er das, was er jetzt am Ende seines Lebens zu wissen glaubt, hat er das damals geahnt. Hat sein Freiseinwollen ihn eine Bindung fürchten lassen? Hinderte es ihn, sich einer tiefen Bindung zu öffnen? Hätte er sie als Gefährdung seiner Freiheit empfunden?

Zweimal hatte er geheiratet, den Wunsch der Frauen erfüllt, obwohl er hätte wissen müssen, dass er als Ehemann nicht taugt. Hat er seine Frauen wirklich erkennen wollen? Er hat sie geachtet, hat sie und das gemeinsame Leben geschützt. Seine Kinder hatten die Freiheit, die für ihn selbst so wichtig ist. Auch die Geliebten sind Teil seines Lebens gewesen. Einige für viele Jahre. Manche Trennungen waren schmerzhaft. Und die flüchtigen Begegnungen? Sie gab es auch. Der Reiz des Flüchtigen war ihr Charakter.

Beide Ehefrauen sind den Weg ins Dunkel gegangen, das man Demenz nennt. Für ihn ist es Rückzug aus der Welt des Gegenständlichen. Was bleibt, ist der innere Kern, Teil des Kosmos, aus dem der Mensch entsteht und in dem er aufgeht.

Er schreibt Gedichte, um Abstand zu gewinnen von der quälenden Erfahrung, täglich mitansehen zu müssen, wie der ihm anvertraute Mensch immer tiefer versinkt in einer anderen, fremden Welt. Wie er gefüttert, gewaschen, aus dem Bett gehoben und wieder hineingelegt wird. Er steht vor dieser anderen Welt, selbst fremd, nicht helfen könnend. Die dunkle Seite des Lebens wird ihm vertraut.

*

Er liebt seinen Sohn und seine Tochter. Er achtet sie wie die beiden Söhne der zweiten Ehefrau, die nicht mehr teilnimmt am gemeinsamen Leben. Er liebt die Enkel, die er sich entwickeln sieht. Dies zu erleben empfindet er als ein wunderbares Geschenk. Doch die Arbeit hat ihn mehr in Anspruch genommen als die Familie. Seine Arbeit war der Inhalt seines Lebens. Zuerst das Theater, dann seine Filme. Er stellt das fest ohne Bedauern. Es war so. In seiner Arbeit fühlte er sich frei. Seine Arbeit war sein Wollen, nie Zwang.

Es war Handeln. Und Handeln ist Freiheit.

In der Gefangenschaft war er seiner Freiheit beraubt gewesen. Beraubt jeder Möglichkeit zu handeln. Ob in der Kälte auf freiem Feld oder in einem Keller ohne Luft. Dicht gedrängt im Keller hörten sie im Haus über sich das Gekicher junger Mädchen, von amerikanischen Soldaten gelockt mit Schokolade und Kaugummi. Auf freiem Feld konnte er sich in die Wolldecke des Kommandeurs hüllen und an den Mann denken, in dessen Haltung er Trauer gesehen hatte über untergegangene Werte. Er widerstand aller Unbill im Bewusstsein der Niederlage. Hunger und Durst waren ein Teil davon. Nie wäre er auf die Idee gekommen, befreit worden zu sein. Befreit worden waren Gefangene aus Konzentrationslagern, Überlebende in Auschwitz und Treblinka, russische Kriegsgefangene, soweit sie nicht verhungert waren. Er wurde sich der Niederlage bewusst und wie verdient sie war. Jetzt stand ein Anfang bevor.

Im Lager bei Hannover, von den Amerikanern eingerichtet, übernommen von der britischen Besatzungsmacht, hungerten die deutschen Kriegsgefangenen. Von den Briten war eine

Kommandostruktur eingeführt worden. Jeder Baracke stand ein deutscher Offizier vor, der für seine Gruppe verantwortlich war. So konnte das Wachpersonal klein gehalten werden. Um Hunger zu betäuben, ihn nicht ständig wahrnehmen zu müssen, spielten sie Tag und Nacht Skat und Doppelkopf. Sie veranstalteten Wettkämpfe. Als Preis gab es eine zusätzliche Ration Brot, die dafür aufbewahrt wurde.

Nicht arbeiten, nicht handeln zu können, ein unerträglicher Zustand. Er meldete sich beim Lagerkommandanten, er beschwerte sich über die mangelhafte Verpflegung, forderte ein Fahrzeug mit Fahrer. Vielleicht könne er in den Dörfern der Umgebung etwas zu essen für seine Baracke auftreiben. Er berief sich auf die Verantwortung für seine Kameraden, bot dem verblüfften Mann sein Ehrenwort an, er würde den Ausflug nicht zur Flucht nutzen. Er muss wohl überzeugend gewesen sein, denn der Kommandant stellte ihm einen Mannschaftswagen mit Fahrer zur Verfügung. Er durfte sogar zwei seiner Leute mitnehmen. Er hatte zu bedenken gegeben, dass sie die Lebensmittel vielleicht mit Arbeit bezahlen müssten. Sie fuhren hinaus aus dem Lager aufs Land, fanden einen größeren Hof und Verständnis für ihr Anliegen. Sie wurden zum Essen eingeladen und als Dank hackten sie Unkraut im Gemüsegarten. Er ließ den britischen Fahrer an der Arbeit und am

Essen teilnehmen, sie aßen gemeinsam und genossen gemeinsam, was die Frau des Bauern ihnen auftischte. Die Vorräte des Bauern hätten nicht gereicht, alle in seiner Baracke zu versorgen. Aber er, seine beiden Kameraden und der Fahrer hatten sich satt essen können, das mahnte ihn an den Hunger der anderen. Sie waren weggefahren um etwas mitzubringen. Der Bauer riet ihm, eine nahe gelegene Käsefabrik zu besuchen. Sie folgten dem Rat, und sie kehrten zurück ins Lager mit Kisten voll Harzer Käse. Er war nicht ausgereift, hatte noch den trockenen weißen Kern. Doch er half den Hunger zu stillen und wurde so zu einer Wohltat, auch für Gefangene in den anderen Baracken. In Erinnerung daran hat er später Harzer Käse nur essen wollen, wenn der Kern noch weiß und trocken war. Und der Geschmack auf der Zunge ließ ihn an die Sättigung der Kameraden denken.

Die Gefangenschaft fand bald ein Ende. Fragebögen waren verteilt worden. Er hatte angegeben, Landwirt zu sein. Seine Heimatadresse sei Hamburg, er hatte das Haus einer Tante als Anschrift genannt. Nach Berlin wäre er nicht entlassen worden, die Stadt war immer noch nur von den Russen besetzt. Und er hatte die bevorstehende Erntezeit im Sinn gehabt. Seine Rechnung ging auf. Er wurde als einer der ersten entlassen. So stand er eines Tages vor der Tür seiner Tante, abgemagert, mit dem einzigen, das er besaß, der Uniform eines deutschen Leutnants und der Wolldecke des Kommandeurs. Die sollte ihn noch einige Jahre begleiten und an den Mann erinnern, der preußische Haltung verkörperte. Die Kinder der Tante bestaunten ihn. Sie schien gerührt, weil er zu ihr kam. In das Haus voller Flüchtlinge, Verwandte aus dem Osten. Er schlief ein paar Stunden auf der einzigen Couch, die noch frei war. Am Morgen machte er sich auf die Suche nach Arbeit. Die Dörfer Vierlandens waren sein Ziel. Auf dem Weg durch die vornehmen Wohnviertel sah er Hamburgs beschädigte Schönheit, die Ruinen der stolzen Stadt im Zentrum, die total zertrümmerten Arbeiterviertel im Osten. Die Sonne schien, es war heiß. Über den Schuttbergen an beiden Seiten der Straße lag noch Leichengestank. Dann sah er vor sich Vierlanden, den Gemüsegarten Hamburgs. Er atmete frische Landluft, er war frei. Trümmer und Gestank, die Zeichen der Niederlage, hatte er hinter sich. Die Suche nach Arbeit wurde sein Anfang.

Er fand einen Arbeitsplatz. Dem Bauern fehlte ein Mann für die Ernte. So begann ein Abschnitt seines Lebens, der anknüpfte an den Garten seiner Jugend. Anders war der Tagesablauf. Zuerst in der Frühe Melken der Kühe, dann wurden die Pferde von der Weide geholt und gefüttert, bevor der Bauer sie anschirrte zur Arbeit auf dem Feld. Beim Zusammenbinden der geschnittenen Ähren zerstach er sich die Hände an Disteln, der Schweiß rann ihm ins Hemd, das klebte am Körper, Staub verstopfte die Nase. Die beiden Töchter des Bauern waren vertraut mit der Arbeit, spornten ihn an. Und er hielt mit, auch beim Essen hielt er mit. Satt zu werden war eine neue Erfahrung. Und müde einzuschlafen war ein Geschenk. In dem alten Vierländer Bauernhaus befindet sich alles unter einem Dach. Die Wohnung der Familie des Bauern, die Ställe der Kühe und Pferde, und oben über der Tenne der Speicher für das Korn. Seine Kammer hatte eine dünne Wand zu den Pferdeställen. Wenn die Pferde im Winter nicht auf die Weide gelassen wurden, konnte er sie schnauben hören, während er einschlief.

Schnell hatte er die Arbeit mit den Pferden gelernt. Sie nahmen ihn an, er konnte mit ihnen umgehen. Der Bauer schien Gefallen daran zu finden. Bald ließ er ihn allein mit vier Pferden die Felder pflügen. Der Boden im Marschland ist schwer und die Pferde müssen mit leichter Hand geführt werden. Sie hörten auf ihn, mit einer Hand hielt er den Pflug, mit der anderen die Zügel. Stundenlang konnte er zusehen, wie die Pflugschare die schwarze Erde wendeten, wie die gewendete Erde im Sonnenlicht glänzte. Er genoss den Geruch des feuchten Ackerbodens, sah die dampfenden Pferdekörper, hörte ihr Schnauben und das Klatschen, wenn sie mit dem Schwanz lästige Fliegen vertreiben wollten. Er fühlte sich eins mit der Arbeit. Sie füllte ihn aus. Wenn er am Abend in seiner Kammer lag, schlief er ein in dem Bewusstsein, etwas geleistet zu haben. Die Arbeit verband ihn mit dem Land, dem er angehörte. Er war heimgekehrt. Als die Felder für den Winter bestellt waren, wurde ein Schwein geschlachtet. Er erlebte den Vorgang als Ritual. Abschluss eines arbeitsreichen Jahres, Vorbereitung des nächsten. Unter dem Dach lag das geerntete Korn, dort würden Schinken und Würste geräuchert werden. Die Ernährung war gesichert, man war für den Winter gerüstet. Von jetzt an bedeuteten die Wochenenden Freizeit. Die jungen Leute gingen abends zum Tanz, die Töchter des Bauern forderten ihn auf, sie zu begleiten. Warum sollte er nicht? Bücher gab es nicht auf dem Hof. Die Felder waren bestellt.

Die beiden jungen Frauen waren ihm nah wie gute Kameraden. Sie hatten ihm einiges beigebracht, vor allem das Melken, das ihm anfangs schwer gefallen war. Sie hatten gemeinsam gelacht, wenn eine Kuh ihm den kotverschmierten Schwanz um die Ohren schlug. Sie hatten gewettet, dass er es nicht schaffen würde, ein Schwein zu reiten. Er hatte den Versuch gemacht und war gescheitert. Das Schwein hatte ihn quiekend abgeworfen. Er half den beiden Frauen, wenn sie seine Hilfe brauchten. Die Verbundenheit mit dem Acker, mit der täglichen Arbeit und der Sorge um das Vieh hatte ihn fast zum Mitglied der Familie gemacht.

*

Es gab noch einen Sohn, der den Hof erben sollte. Man hoffte, er werde eines Tages nach Hause kommen. Es hieß, er sei vermisst, dann hieß es, er läge im Lazarett, schwer verwundet, irgendwo im Osten. Der Bauer bot ihm das Zimmer des Sohnes an. Es lag im ersten Stock, neben den Zimmern der Töchter. Dort war es wärmer, das Bett war bequemer, das Zimmer war größer als die Kammer neben den Pferden. Die fehlten ihm. Die Kargheit der schmalen Kammer hatte seinem Lebensgefühl entsprochen. Jetzt war er Nachbar der beiden Töchter.

Am Wochenende eigentlich nur der jüngeren, die andere ging mit einem Mann aus dem Nachbardorf und nach dem Tanz nahm der sie mit. Außer dem Tanzvergnügen gab es an Wochenenden keine Zerstreuung, also ließ er sich nicht lange bitten. Man trank Bier oder selbstgebrannten Schnaps. Auch das hatte er gelernt. Es gab Birnbäume neben dem Haus, die trugen Früchte. Eine Destillationsanlage gab man von Hof zu Hof weiter, den Birnenschnaps nahm man mit zum Tanz.

Die Niederlage hatte für andere nicht die gleiche Bedeutung wie für ihn. Die Biesen an seiner Offiziersmütze fielen einigen unangenehm auf. Sie meinten, ein ehemaliger Offizier könnte eine Abreibung vertragen. So kam es eines Abends dazu, dass ein angetrunkener Mann, als er mit seiner Tanzpartnerin das Parkett verließ, ihn anpöbelte und ins Gesicht schlug. Er schlug sofort zurück, es war ein Reflex. Er schlug zweimal und er traf beide Male. Sie wurden getrennt. Die Kapelle spielte einen leichten Foxtrott, und er wusste, es wartete noch etwas auf ihn. Sich entfernen wollte er nicht, es hätte ausgesehen wie Flucht. Also tanzte er weiter. Die Bauerntochter an seinem Arm flüsterte ihm ins Ohr, lass uns gehen. Doch er tanzte mit ihr den Foxtrott zu Ende und danach einen langsamen Walzer. Und das war der letzte Tanz dieses Abends.

Die Bauerntochter blieb an seiner Seite, als wolle sie ihm beistehen. Sie wusste wie er, dass ihm noch etwas bevorstand. Er dachte an ein Erlebnis seiner Kindheit. Auch in der Grundschule war er ein Einzelgänger gewesen, hatte sich eine Gruppe in der Klasse zu Feinden gemacht. Sie hatten ihn auf der Straße gestellt, umringt. Fliehen konnte er nicht, hätte er auch nicht gewollt. Bei der Vorstellung, verprügelt zu werden, wuchs in ihm eine ungeheure Wut, die ihm die Kraft gab, den anderen zu drohen. Ein paar Worte nur, doch die unbändige Wut ließ sie erschrecken, und sie gaben den Weg frei. Auf dem Deich wartete jetzt wieder eine Gruppe auf ihn, in ihrer Mitte der Ältere, mit dem er aneinander geraten war. Es waren sieben oder acht kräftige Burschen, angetrunken und gut gelaunt. Sie freuten sich auf ihn. Erhitzt und vom Alkohol berauscht waren sie. Die Lust, einen ehemaligen Offizier zu verprügeln hatte sich gesteigert, je länger sie auf ihn warteten. Ausweichen konnte er nicht. Der Deich war die Arena. Einen Fluchtweg gab es nicht. Wenn es ihn gegeben hätte, geflohen wäre er nicht. Haltung bewahren, nur darauf kam es an. Er ließ seine Begleiterin mit den beiden Fahrrädern einige Meter weiter gehen, sie solle auf ihn warten. Und dann ging er der Gruppe entgegen, sah die geröteten Gesichter, spürte ihre Vorfreude darauf, zuzuschlagen. Er ging einfach in die Gruppe hinein, sie schlugen los. Vor lauter Eifer merkten sie nicht, dass sie sich gegenseitig trafen, während er abgetaucht war und unbemerkt aus dem sich prügelnden Knäuel entkam, ohne einen einzigen Schlag empfangen zu haben.

Sie hatte etwas weiter entfernt gewartet, gab ihm sein Fahrrad, er blickte zurück und sah zwei der Prügelnden den Abhang hinunterrollen. Sie hörten das Ächzen der Kämpfenden, das Klatschen der Schläge. Sie radelten los. Und sie lachten.

Sie kamen sich näher, er und die Bauerntochter. Sie besuchte ihn in seinem Zimmer, wenn ihre Schwester nicht im Hause war. Aber er war vorsichtig, er hielt sich zurück. Einmal beim Rhabarerschneiden im Garten hatte sie gesagt, Papa würde uns ein Stück Land geben.

*

Wollte ich Bauer werden? Hatte ich den Traum vom Theater vergessen? Mir wurde klar, wie tief ich mich eingelassen hatte auf die Wärme des Bodens, die Arbeit mit den Pferden. Eng war ich verbunden mit den Menschen, die mich aufgenommen hatten. Ich war zu Hause auf dem Hof und in dem großen alten Haus.

Der Bauernhof hat eine eigenartige Anziehungskraft. Er ist eine in sich geschlossene Welt. Es gibt keine Abhängigkeit von staatlicher oder behördlicher Gängelung. Der Bauer ist autark, er erzeugt alles, das er zum Leben braucht. Er kann sogar noch abgeben. Er kann die Früchte seines Feldes verkaufen und die Milch seiner Kühe. Den Erlös kann er nutzen, um zu erwerben, was ihm fehlt.

In diesen ersten Jahren nach dem Krieg erwarben die Bauern mehr, als ihnen fehlte. Der Hunger trieb die Menschen aus der Stadt aufs Land. Sie brachten ihr Silberbesteck, ihre Bettwäsche mit, weil sie Gemüse und Kartoffeln brauchten. So machten die Bauern gute Geschäfte. Sie nutzten die Not aus, ohne Skrupel.

Das stieß mich ab.

*

Zwei seiner Schwestern hatte er einen Arbeitsplatz in der Nachbarschaft vermittelt. Sie schlugen sich durch von Berlin über die Zonengrenze. Sie konnten sich satt essen, wurden geschätzte Arbeitskräfte. Die Luft tat ihnen gut, und die jungen Burschen der Umgebung nahmen sie mit zum Tanz. Eine der beiden sagte: Du musst hier weg. Du bist fast schon Bauer geworden. Du gehörst nicht in dieses Dorf, du gehörst nach Berlin. Sie brachte ihn so weit, dass er den Hof verließ, wo Mensch und Tier ihm nahe gekommen, wo die Felder und ihre Bestellung Inhalt seines Lebens geworden waren.

Berlin lag in Trümmern, weite Teile der Stadt waren zerstört. Es war kalt im Dezember 1946, ein harter Winter stand den Berlinern bevor. Viele Fenster hatten noch immer kein Glas, Pappe war der Ersatz. Kälte drang ein in die Wohnungen. Wo der Atem des Schlafenden die Bettdecke traf, bildete sich eine dünne Eisschicht. Er fror wie alle, gewöhnte sich an die karge Ernährung, die den anderen vertraut war.

Der Bauernhof war nun Vergangenheit. Er würde noch lange zu zehren haben von dem einfachen Leben, in dem er sich gefunden hatte. Doch es war auch Stillstand gewesen. Es hatte kein Buch gegeben. Ihm war bewusst geworden, wie Bücher ihm fehlten. Das war es wohl, was ihm schließlich die Kraft gab, Abschied zu nehmen. Bei den Berlinern und im Geist der Stadt fand er ein verwandtes Element. Die Niederlage hatte Kräfte mobilisiert, die zu lange in dumpfer Ergebenheit geschlummert hatten.

Widerstand, den es gegen das Regime nicht gab, wurde nun wach und meisterte das Elend. Gegen Hunger und Kälte siegte die Erleichterung, einen Albtraum hinter sich zu haben. Doch es gab auch Bilder aus Konzentrationslagern. Und da war Auschwitz. Die schrecklichen Bilder der wenigen Überlebenden. Die ausgemergelten Körper. Augen, in denen das Grauen für immer sich spiegeln würde. Die Deutschen konnten sich das Werk ihres Führers ansehen, und viele wandten sich ab, wie sie sich abgewandt hatten, als ihre Nachbarn abgeholt wurden. War es Nichtwahrhabenwollen? Nichtweitermachenkönnen angesichts des Schrecklichen, das nicht wiedergutzumachen war? Oder war es nur Schwäche? Augen zu. Sie waren unfähig zu trauern, unfähig zu begreifen, was da geschehen war und sie verdrängten das Unbegreifliche.

Und er? Einem Verbrecherstaat hatte er gedient. Was geschah mit ihm? Er hatte sich die Erde gesucht, die Natur. Er war eingetaucht in einen Bereich, wo es kein Buch, keine Zeitung gab. Dort hatte er versucht, sich zu finden. Noch spürte er die Trauer nicht. Was spürte er? Zorn? Abscheu? Ja. Und er spürte Scham.

Viele Einwohner der Stadt hatten alles verloren. Jedoch überlebt zu haben gab ihnen Mut, von vorn anzufangen. Er denkt an das Bild der Frauen, die an den Schuttbergen stehen und Steine sortieren, Wege frei machen. Frauen räumen auf, die den Führer angehimmelt hatten, Mütter, die stolz das Mutterkreuz getragen, ihre Söhne und Männer im Kampf für den Führer verloren hatten. Ein Bild, das mehr aussagte über den Zustand Deutschlands, als die Fotos der salutierenden Generale und Feldmarschälle, als sie endlich kapitulieren durften.

Im viergeteilten Berlin, im Bewusstsein besetzt zu sein, wuchs die Erkenntnis, dass all das – Trümmer, Kälte, Hunger, Armut – besser war als der Pomp der Aufmärsche, die Heil-Rufe, das Getöse militärischer Macht. In jenen Jahren nach dem Krieg zeigte sich eine gesunde, friedfertige, unbeschwerte Kraft. Sie schien die Schrecken der Bombenangriffe und die Niederlage zu überstrahlen. Ob diese Kraft sich hätte weiterentwickeln können, ob sie zu einem neuen Staatsbewusstsein hätte wachsen können, wenn die Deutschen offen gewesen wären für das Ausmaß der Verbrechen ihrer Führung, weiß ich nicht. Die Unfähigkeit zu trauern kann auch ein Schutz gewesen sein. Wie die Verdrängung des nicht Aushaltbaren. Auch Trauer kann verdrängt werden. Sie ruht in uns allen auf dem Grund des Herzens. Wir können sie aufrufen, bewusst. Das erfordert Kraft. Die Trauer hat sich mir gezeigt im Augenblick als ich schwach war wie nie zuvor.

Ich habe sie angenommen. Ich habe sie annehmen können. Dafür bin ich dankbar.

*

Sein Elternhaus war kleiner geworden, so kam es ihm vor. Sein Garten war noch da, aber er hatte ein anderes Gesicht. Es gab nur noch einen Kartoffelacker. Ohne Kartoffeln kein Überleben. Nachdem er Soldat geworden war, hatte man seiner Mutter einen Fremdarbeiter zugeteilt, einen Polen. Der sollte die schwere Arbeit machen und ihr zur Seite stehen. Sie nahm ihn auf wie einen Sohn, behandelte ihn nicht als Fremden. Er wurde Teil der Familie, wie ihr eigener Sohn später auf dem Hof in Vierlanden Teil einer anderen Familie geworden war.

Zur gleichen Zeit, als er den Ausbruch aus dem Kessel bei Halbe anführte, waren die Russen eingedrungen in den Ort seiner Jugend. Viele Frauen mussten die Inbesitznahme ertragen. Der Pole stellte sich vor die deutsche Frau, die ihn als Menschen gesehen und so behandelt hatte, und kein Russe tat ihr etwas an.

Abenteuerlich die Flucht dreier seiner Schwestern vor der Roten Armee aus einem Heim in Böhmen, wohin sie gebracht worden waren, um der Bombardierung zu entgehen. Wie hunderttausend andere den Gefahren der Landstraße ausgesetzt. Die zwei Jüngsten waren in der Obhut der Mutter geblieben, die nun auch die anderen in die Arme schließen konnte. Die letzte der Schwestern brachte der Vater aus einem Dorf an der Elbe. Und er brachte Kartoffeln. Die Bauern waren ihm dankbar gewesen, er konnte mit den Eroberern umgehen. Im Ersten Weltkrieg war er in russische Gefangenschaft geraten und fünf Jahre in Sibirien gewesen. Er sprach fließend Russisch und verfügte über einen großen Zitatenschatz aus den Werken Tolstois, Puschkins und Dostojewskis. Er trug einen alten schwarzen Gehrock und hatte immer eine Bibel bei sich. Die Würde seines Auftretens ohne jede Angst und seine Geistesgegenwart verschafften ihm in jeder Situation Achtung und Respekt. Er hatte das Talent eines Schauspielers.

Und er, seines Vaters Sohn, hatte ein ähnliches Talent. Er hatte es genutzt, wenn er Lehrer imitierte. Er konnte Reden halten wie Goebbels und dessen heulenden Tonfall täuschend nachahmen. Einmal, bei einem Ausflug der Klasse zum Kloster Chorin, hatten die Mitschüler ihn überredet, und er war hinkend wie Goebbels eine Treppe hochgestiegen und hatte von dort aus als Goebbels den Führer und seine Taten für das deutsche Volk gepriesen. Alle Fenster im Dorf hatten sich geöffnet: Goebbels in Chorin? Ihn reizte der Kitzel der Gefahr. Einen der Mächtigen zu imitieren und seine Reden zu persiflieren konnte übel aufgenommen werden, denn die Partei hatte keinen Sinn für Humor. Sie wäre nicht das gewesen, was sie war, wenn sie Sinn für Humor gehabt hätte. Sie war nicht beliebt gewesen, Hitlers Partei. Ihr Ziel war ja Gängelung, Gehorsam, Verzicht auf eigene Meinung. Ein Bonmot machte die Runde und wurde gern erzählt: Auf der Höhe ihrer tapfer erkämpften Macht seien den Deutschen nur die drei wesentlichen Eigenschaften geblieben: Anständigkeit, Intelligenz und Parteizugehörigkeit. Eine kleine Einschränkung gäbe es allerdings. Jeder Deutsche könne nur zwei dieser Eigenschaften in sich vereinen. Er könne anständig sein und Parteigenosse, intelligent und Parteigenosse, oder anständig und intelligent, dann könne er nicht Parteigenosse sein.

*

Immer wieder, wenn er das Gehen mit den Krücken trainiert, wenn die Schwäche seines Körpers sein Denken in Bewegung hält, fragt er sich nach dem Sinn der vielen Brüche, die seine Vorstellung vom Theater nicht das hatten werden lassen, was er erhoffte. Diese Vorstellung, dieser Traum musste scheitern an der Wirklichkeit, die eine andere geworden war als die seiner Jugend. Er hatte gedient, er hatte die Grenzen seiner Freiheit kennen gelernt, er hatte getötet, er war selbst fast getötet worden. Er hatte erfahren, wie furchtbar die Verbrechen des Regimes waren, dem er gedient hatte. Im Begreifen all dessen fand er seine Freiheit wieder, die Niederlage hatte ihm Kraft geschenkt. Sie hatte ihm das einfache Leben angeboten und sie hatte es ihn aufgeben lassen. Er fand eine Haltung, die der neuen Wirklichkeit entsprach.

Er suchte den Weg zum Theater über die Schauspielschule des Deutschen Theaters. Er wurde angenommen, doch lange hielt er es nicht aus. Die Lehrmethoden überzeugten ihn nicht, er protestierte, er schied aus. Der Intendant, der die Schule beobachtete, interessierte sich für ihn und ließ ihn vorsprechen. Sein freies Auftreten und sein Talent überzeugten, und er wurde engagiert. Später, nachdem er viele andere Theater in Deutschland, in Paris, London und New York kennen gelernt hatte, fand er bestätigt, was er damals empfand. Er gehörte dem Ensemble des schönsten Theaters der Welt an.

Sein Großvater hatte ihm zum 13ten Geburtstag den ganzen Shakespeare geschenkt, zehn Bände, alle Dramen und Komödien. Er hatte sie alle gelesen und sich schnell für Mercutio, Petrucchio und Hamlet entschieden. Die wollte er spielen. Jetzt, auf der Bühne des Deutschen Theaters, gab man ihm kleine Rollen, Figuren, die kein eigenes Profil hatten, die man Stichwortgeber nennt. Und die auch so von den Regisseuren behandelt werden. Dennoch nahm er auch den kleinsten Satz ernst und versuchte, eine Haltung dafür zu finden.

Als Schüler hatte er im Zuschauerraum dieses Theaters gesessen, berühmte Aufführungen bedeutender Werke und die großen Schauspieler jener Zeit gesehen. Die Aufführungen der ersten Nachkriegsjahre, in denen er nun mitwirkte, waren noch vom Stil jener Zeit geprägt. Dann kehrte Bertolt Brecht aus der Emigration zurück nach Berlin und begann am Deutschen Theater mit den Proben zu Mutter Courage und ihre Kinder. Und er, in einer kleinen Rolle, erlebte die Bühne in ihrer ganzen Tiefe. Alles andere verblasste gegen Brechts Art der Arbeit am Text, der besonderen Aufmerksamkeit, die er dem jungen Schauspieler widmete. Noch kein anderer Regisseur hatte so behutsam den Charakter und die Konturen einer Figur entwickelt. Keiner achtete so streng auf die Genauigkeit in der Behandlung des Textes. Die Augsburger Mundart sollte es sein, und es gelang ihm, der Vorstellung des Regisseurs nahe zu kommen. Stundenlang konnte er die Proben, die Arbeit der Regisseure beobachten. Brecht und Erich Engel gestalteten die Inszenierung gemeinsam. Sie nutzten den ganzen Raum. Er erkannte die Bedeutung des Raums für den Schauspieler. Noch heute sieht er die Szene, in der Mutter Courage auf der leeren Bühne vor dem erschossenen Sohn steht. Er sieht die Weigel und ihren stummen Schrei. Sie steht da mit aufgerissenem Mund und gibt keinen Laut von sich. Ein Schrei, den man sieht, nicht hört. Und der so in der Wahrnehmung der Zuschauer noch viel mehr Entsetzen hervorruft, als er akustisch bewirken könnte. Hier wurde eingelöst, was er sich unter Theater vorgestellt hatte.

Doch es kam anders. Und wieder war es der neunte November, der für sein Leben bestimmend sein sollte. Zum Jahrestag der russischen Oktoberrevolution war bekannt gemacht worden, alle Mitglieder des Ensembles und das andere Personal des Theaters – wie aller Theater im russischen Sektor der Stadt – hätten an einem Aufmarsch unter den Linden teilzunehmen, die Schauspieler in Kostüm und Maske. Er stand mit anderen vor dem Schwarzen Brett, an dem die Bekanntmachung hing.

Einer sagte, sie würden am Präsidenten Wilhelm Pieck vorbeimarschieren.

Was geht mich die Oktoberrevolution an, sagte er.

Da müssen alle mit, sagte ein anderer. Ich nicht, sagte er. Seine Bemerkung wurde weiter gegeben und er wurde zum Intendanten bestellt. Er leugnete nicht, was er gesagt hatte, und erklärte, an Aufmärschen nähme er nicht teil. Außerdem gehörten Kostüm und Maske auf die Bühne und nicht auf die Straße. Er hätte keine Lust sich lächerlich zu machen. Es sei als Demonstration der Solidarität aller Theater mit der jungen Republik gemeint, sagte der Intendant, und keiner könne sich ausschließen. Er war nicht verlegen um Gegenargumente. Er erwähnte die Aufmärsche der Hitlerzeit und sagte, er würde dergleichen nie mitmachen. Es habe genug davon gegeben. Der Intendant, der ihn schätzte, unter dessen Regie er auf der Bühne gestanden hatte, sprach von den Rollen, die für ihn vorgesehen waren. Er stünde doch am Anfang einer Karriere.

Der Intendant sprach freundlich, besorgt und verständnisvoll. Aber er erwähnte auch, dass es schädlich sein könne, nicht an der Demonstration teilzunehmen. Was heißt schädlich, fragte er.

Es könne ihm schaden, sagte der Intendant.

Wenn das ihm schaden könne, verzichte er auf seinen Vertrag Wenn Willfährigkeit zur Voraussetzung für eine Karriere gemacht wird, sei das nichts anderes als Nichtachtung seiner persönlichen Freiheit.

Der Intendant machte noch einige Versuche, ihn umzustimmen, aber er nahm nicht zurück, was er gesagt hatte. Seine Freiheit bedeute ihm mehr als eine Karriere. Er kündige zum Ende der Spielzeit.

Es hatte am Ende des Gesprächs noch einen Moment gegeben, in dem er sich in seinem Entschluss bestärkt fühlte. Einen Blick des Verstehens, als der Intendant ihm die Hand reichte. Als er daran denken musste, dass dieser Mann, der ihm hier die Hand reichte, im Konzentrationslager gewesen war, weil er sich geweigert hatte, seine Überzeugung aufzugeben. Weil er Haltung bewahrt hatte. So verließ er das Theater mit dem Gefühl, verstanden worden zu sein. Wie jeden Tag fuhr er in der S-Bahn vom Bahnhof Friedrichstrasse zum Bahnhof Zoo. Er saß in dem Zug und blickte aus dem Fenster. Die Stadt kam ihm fremd vor, nicht vertraut wie sonst. Es ist ein Abschied, dachte er, fühlte sich nicht gut. Tief in sich muss er einen Schmerz gespürt haben. Einen Schmerz, den er nicht wahrnehmen wollte. Zweifel war es nicht, ob seine Entscheidung richtig gewesen war. Sie entsprach seiner Haltung. Es war eine Ahnung von Trauer.

Vom Bahnhof Zoo sind es drei Stationen mit der Straßenbahn zum Hohenzollerndamm, wo er wohnt. Aber er ging zu Fuß. Er fühlte sich schwach und er wollte seine Schwäche nicht zeigen. Er dachte, er könne sie überwinden, wenn er zu Fuß geht. In seinen Gedanken war er immer noch im Büro des Intendanten, sah das Verständnis in dessen Blick, erinnerte sich an den Händedruck. Und er bereute nicht, was er gesagt und wofür er sich entschieden hatte. In seinem Zimmer verlor er das Bewusstsein. Man brachte ihn ins Krankenhaus. Gelbsucht. Sie behielten ihn drei Wochen auf der Station. Der neunte November verging. Er war krankgeschrieben, hätte an der Demonstration gar nicht teilnehmen können. Er erfuhr, der einzige gewesen zu sein, der nicht mitmarschierte. Alle waren dabei, auch Brecht und Helene Weigel auf dem Wagen der Mutter Courage.

*

Ich hätte die Krankheit nutzen können. Ich hätte Sinneswandel vortäuschen, die Lösung des Vertrags rückgängig machen können.

Ich tat es nicht. Ich hätte mich einer solchen Handlungsweise geschämt. Der ständig schlecht gelaunte leberkranke Oberarzt sagte mir bei jeder Visite, ich würde nie wieder eine gesunde Leber haben. Er empfahl mir strengste Diät auf Lebenszeit. Ein halbes Jahr folgte ich dem Rat, trank nur Wasser und Tee, mied, was ich meiden sollte. Dann kehrte ich zu meinen Gewohnheiten zurück und bis ins hohe Alter erfreute ich mich einer gesunden und widerstandsfähigen Leber.

*

Auf der Strandpromenade steht der alte Mann vor der Bank zwischen den Heckenrosen, auf der er sich schon einmal ausgeruht hat. Er hört das Geschrei der spielenden Kinder, das er die ganze Zeit nicht wahrgenommen hatte. Ihm fällt auf, dass er seine Krücken vergaß, obwohl er mit ihnen von einem Ende der Strandpromenade zum anderen und zurück gewandert war. Er denkt an den jungen, selbstbewussten Schauspieler, der er damals war, der sich nun auf dem Weg ins Ungewisse befand, dem Arbeitslosigkeit nun Risiko und Freiheit bedeutete.

*

Ich hatte gehandelt. Ohne nachzudenken hatte ich eine Entscheidung getroffen, die mein Leben veränderte. Ich hatte einen Weg verlassen, der Sicherheit bedeutete. Aber ich war mir treu geblieben. Das war mir wichtiger als Karriere, als Erfolg. Das Muster meines Lebens hatte sich mir zum ersten Mal gezeigt, ohne dass ich es erkannte. Handeln ohne zu denken.

Keine Wehmut, kein Bedauern. Es ist wie es ist. Ich muss mir nichts vorwerfen, ich habe Haltung bewahrt. Ich war mit mir selbst im Reinen. Wenn ein Zweifel sich geregt hätte, wahrscheinlich hätte ich ihn verdrängt.

*

Jetzt kann er den Zweifel nicht verdrängen. Er denkt an den Schmerz, den er spürte. Die Bank ist leer, sie scheint ihn einzuladen. Ist es Müdigkeit? Ein leichter Wind weht ihm entgegen. Ein paar Schritte nur und er lehnt sich zurück. Ein tiefer Atemzug. Er schließt die Augen, hört das leise Summen der Bienen, die in den Heckenrosen unterwegs sind. Unermüdlich. Sie ruhen nie aus. Wieder der Gedanke, ob es Zweifel gab. Kann das Muster so mächtig sein, ist es nicht zu überwinden? Ich hätte fliehen können von der Fahne, die längst besudelt war. Ich trug den Satz von der Schande in mir. Die Haltung, die mir soviel bedeutet, ist die Haltung meiner Vorfahren. Ich brauche sie nicht. Es geht um eine andere Ehre. Es geht um die höhere Pflicht. Ich habe versagt.

*

Er kämpft mit sich selbst. Unerbittlich. Wer ist das Ich. Wer kämpft.

Wer wehrt sich. Er nimmt den Strand und die Geräusche nicht mehr wahr. Das Summen der Bienen hört er nicht mehr. Er schläft ein.

Er träumt. Eine schmale Gasse steigt er empor zwischen niedrigen alten Häusern. Er erreicht einen Platz. Und vor sich sieht er im Licht der Abendsonne fünf Portale einer mächtigen Kirche. Er erkennt die Kathedrale von Bourges. Wie eine uralte Glucke thront sie über der Stadt, wie eine beschützende Krone, ein Symbol für Vollendung architektonischer Größe und Genialität. Er tritt ein, klein und allein steht er in der Unendlichkeit des riesigen Raums. In steiler Höhe über sich die Gewölbe des Mittelschiffs. Schräg fällt das Licht durch die hohen Fenster und teilt den Raum in Hell und Dunkel.

Er sieht den Seydlitz-Mann, der auf ihn schießt. Er sieht den jungen Russen, den er tötet und der ihn anblickt wie einen Freund. Er sieht den britischen Soldaten, der ihm gegenüber steht, schweigend. Er sieht den Kommandeur und in seinen Augen den Tod. Der Tod ist bei mir, denkt er, er begleitet mich. Er sieht in den Augen der Mutter den Verzicht, als er sich von ihr verabschiedet. Sie kann ihn nicht halten. Er hat seinen Marschbefehl. Die beiden kleinen Schwestern stehen weinend im Gartentor. Er winkt ihnen und sieht, wie die Mutter die Kinder an sich zieht.

Die Jugend. Der Garten seiner Jugend.

Er sieht den Lehrer, den großen, ernsten Mann. Er hört das Wort Schande und weiß, was es bedeutet. Millionen Juden und Polen sind ermordet worden. Und jeden Tag mussten Tausende sterben im verlorenen Kampf. Noch im April 1945. In sinnlosem Gehorsam sprachen Richter immer noch Todesurteile und immer noch erledigten Henker ihre blutige Arbeit. Immer noch nistete Angst in ihren Herzen. Keiner fand in sich die Kraft, Verurteilte freizulassen, keiner hörte auf sein Gewissen. Er fühlt das Ausmaß der Trauer in der Weite des Raums. Trauer um die Gemordeten und Hingerichteten.

Und ich, denkt er, ich habe gedient bis zum Ende. Und ich habe überlebt. Bin ich mitschuldig, weil ich Verbrechern gedient, weil ich den Verbrecherstaat geduldet habe wie fast das ganze große deutsche Volk? Weil ich nicht Widerstand geleistet habe? Trage ich Verantwortung für alles, was geschah in den zwölf Jahren? Weil ich nicht von der Fahne floh. Er sieht eine Kugel auf sich zurollen aus der Tiefe des Raums. Die Zündschnur glüht. Was ist das für eine Kugel. Bin ich im Mittelalter. Wo steht die Kanone. Er wacht auf. Etwas hat seinen Fuß berührt. Ein Ball liegt zwischen seinen Beinen.

Er beugt sich vor, hebt den Ball auf. Er fühlt sich benommen. War das Traum oder Wirklichkeit. Er hört den Lärm vom Strand. Vor ihm steht ein Junge, streckt die Hand aus nach dem Ball. Der Junge sieht aus wie der Enkel, dem die Eltern seinen Namen gegeben haben. In den Augen die gleiche Unschuld, die gleiche Reinheit des Gewissens. Dein Ball? Der Junge nickt, nimmt den Ball, läuft zurück zum Strand, wirft den Ball in die Luft, fängt ihn auf, wirft ihn wieder in die Luft und verschwindet zwischen den Strandkörben. Der Traum ist vorbei, er findet ihn nicht wieder. Diese Kugel mit der Zündschnur, was hat sie zu bedeuten? Symbol? Drohung? Er schließt die Augen, denkt an die Kindheit. An die Freiheit, der er so viel verdankt. Sich nicht unterwerfen. Keiner Ideologie, keiner Doktrin, keinem Befehl. Kein Hitlergruß. Er denkt an das Gymnasium, an die Lehrer, deren Einstellung er in ihrer Haltung erkennen zu können geglaubt hatte. Sie waren Vorbild durch Achtung des anderen, der anderen Meinung. Er denkt an die Eltern, die ihm beigestanden hatten, als er ausgewählt wurde, vom Gymnasium auf die Napola zu wechseln. Das war aus Sicht der Partei eine Ehre. Er hätte zur Elite herangezogen werden können. Es wäre von Vorteil gewesen im Verbrecherstaat, sich nicht zu verweigern. Aber er lehnte ab. Noch einmal lehnte er ab, als er aufgefordert wurde, Mitglied der Partei zu werden.

Da war er siebzehn, hatte die Musterung hinter sich. Seine Freiheit gab ihm die Kraft Nein zu sagen. Seine Freiheit war seine Haltung. Sie entsprach nicht der Haltung jener Zeit, die das Bild Deutschlands verändert hat.

Stramm stehen, gehorchen. Führer, befiehl, wir folgen dir. Den, der am Boden liegt, treten. Rückfall in Barbarei, in Byzantinismus. Und am Zahltag Zyankali. Hitler, Himmler, Goebbels, Göring. Feige entziehen sie sich der Verantwortung, fliehen das Forum der Geschichte, vor dem sie um Rechtfertigung für ihr Tun hätten kämpfen können. Wo sie ihre ganze Erbärmlichkeit hätten bekennen müssen. Sie hatten ihre Macht genutzt, um wehrlosen, unschuldigen Mitbürgern Besitz, Freiheit und Leben zu nehmen. Sie hatten sich angemaßt, eine Rasse ausrotten zu können. Was sie gezüchtet hatten, waren sie selbst. Feigheit und Angst. Und am Ende die schamlose Lüge: Der Führer gefallen im Kampf für Deutschland!

Hole ich nach, was ich ein Leben lang versäumte? Hier am Strand der Ostsee, wo ich nicht handeln kann, wo die Krücken allein mein Handeln sind. Wird mir erst hier die Trauer bewusst, die ich schon so lange doch in mir trage?

Er hält sich fest an dem Gedanken. Er spürt die Kraft, die ihm aus der Trauer zuwächst. Er wird sich der Wärme bewusst, die aus der Trauer rührt. Er ist ein glücklicher Mensch. Trauer ist Glück. Vorübergehende bleiben stehen, sehen den alten Mann, der da bewegungslos sitzt. Ein Schatten zieht über sein Gesicht. Ein Kind hat auf ihn gezeigt, auf ihn und auf die Wolke, die für eine Minute die Sonne verdeckt hat. Schläft er? Träumt er? Stirbt er? Er sollte sich einen Hut aufsetzten, sagt einer. Bei der Hitze. Und sie spazieren weiter, ihr Lachen klingt nach. Nur das Kind steht noch da, bis es gerufen wird.

Es ist nicht Schlaf, nicht Traum, es ist ein Versunkensein in mich selbst. In Gedanken an das Abenteuer, das dieses Leben war.

Ist es vorbei jetzt, mit dem Abschied vom Film, vom Theater? Es kann nicht vorbei sein. Der letzte Akt steht noch bevor, die Begegnung mit dem Tod. Die Endgültige. Und davor wird das Aufräumen sein, die Trennung von den Spuren, die Auflösung des Archivs, in dem alles lagert, was meine Filme hinterlassen haben. Materialbüchsen, Aktenordner, Briefe, Dokumente, Verträge.

Theater ist flüchtiger, da bleibt nicht so viel. Fotos, Entwürfe. Erinnerung an Höhepunkte, wenn es gelungen war, einem Text, einer Figur, einem Gedanken, einem Schauspieler gerecht zu werden. Es sind gute Erinnerungen. Einige Jahre war die Bühne sogar mehr als sein Zuhause gewesen. Ein Höhepunkt das Unternehmen in Salzburg. Europa Studio. Er hatte es übernommen, als es gegründet wurde. Es sollte ein Kontrastprogramm bieten neben den Festspielen der Prominenten. Das Unbekannte, das Neue sollte zu Wort kommen neben dem Altbekannten, dem der Tradition verhafteten. Während die Fassade des Doms widerhallte vom Jedermann–Ruf, sollten im Landestheater Stücke der Gegenwart das Licht der Welt erblicken. Stücke aus allen Teilen Europas. Ost und West sollten sich begegnen. Er war in Prag und in Warschau gewesen, es war die Zeit Stalinistischer Regimes. Es gab Autoren, denen das Schreiben verboten war. Regisseure durften nicht inszenieren, was der politischen Linie nicht entsprach. Wenn er in Prag im kleinen Weinrestaurant mit diesen Menschen Stunden verbrachte und sie über die ihnen verwehrte Freiheit sprachen, wurde ihm bewusst, wie oberflächlich, wie nicht dem Sinn entsprechend dieses Wort in der sogenannten freien Welt benutzt wird: Wir haben die Freiheit ein Auto zu kaufen, das uns gefällt, zu reisen, wohin wir wollen. Dagegen das Wissen in den Augen des Gesprächspartners, dem die Freiheit zu arbeiten verwehrt ist.

*

In Salzburg brachte er Regisseure und Dramaturgen aus Polen und der Tschechoslowakei mit Autoren aus England, Frankreich und Deutschland zusammen. Er konnte einige von ihnen zur Mitarbeit im Europastudio gewinnen. Unter den Uraufführungen des ersten Jahres ein Stück, der Negritude gewidmet. Befreiung vom Joch der Fremdherrschaft. Im Mittelpunkt der schwarze Roi Christophe, erster König von Haiti, Anfang des neunzehnten Jahrhunderts. Sklave, aufgestiegen aus dem Volk, inspiriert vom Geist der französischen Revolution, sein Fall, sein Tod. Tragödie nach antikem Muster. Autor Aimé Césaire, Dichter aus Martinique.

In Paris war ein Ensemble aus Schauspielern und Tänzern zusammengestellt worden. Die Inszenierung lag in den Händen eines französischen Regisseurs der Avantgarde und einer Choreographin aus Haiti. Sie hatte im Gepäck eine Machete und es kam vor, dass man sie hindern musste, mit der scharfen Waffe in Streitigkeiten einzugreifen.

In Paris hatte er die ersten Proben beobachtet, die ihm einen Eindruck der schwarzen Urkraft des Stückes und seiner poetischen Wirkung vermittelten. Das Ensemble sollte eine eigenständige Truppe werden, mit einem Mann aus Uruguay, verantwortlich für das Geschäftliche. Ihm vertraute er einhunderttausend D-Mark an für die Herstellung der Kostüme und Dekorationen und Probenhonorare. Die Summe entsprach dem, was er dafür kalkuliert hatte. Und was im Vertrag festgeschrieben war. Die Verantwortung für die vereinbarte Verwendung lag bei der Truppe. Dann war es soweit. Die letzten zwei Wochen der Proben sollten unter seiner Aufsicht im Salzburger Theater stattfinden. Er empfing das Ensemble auf dem Bahnhof. Den Regisseur, vierundzwanzig Farbige aus Haiti, Elfenbeinküste, Senegal und anderen afrikanischen Staaten, drei Franzosen und den Mann aus Uruguay, der den Vertrag für die Truppe unterschrieben hatte. Dekorationen und Kostüme waren nicht ausgeladen worden, das überraschte ihn. Auf seine Frage eine knappe Antwort. Es wird alles geliefert. Sie werden sich freuen, die Kostüme sind eine Pracht.

*

Salzburg erlebte den Einmarsch der Exotik. Der Einzug der fremdartigen, schönen Menschen in die Salzburger Hotels, ihr täglicher Weg ins Theater, ihr Besuch der Cafés nach der Probe machten das Salzburger Publikum neugierig. Ein paar Mal fragte er nach den Kostümen, man wich ihm aus. Er wurde misstrauisch. Er bat den jungen, sympathischen Uruguayer in sein Büro. Der machte hinter sich die Tür zu und raffte sich auf zu dem fälligen Geständnis. Das Geld, soweit es nicht für Probenhonorare den legalen Weg gefunden hatte, war in den Pariser Restaurants ausgegeben worden. Nichts war übrig geblieben. Und Dekoration und Kostüme? Sind da, wo sie hergestellt wurden. Wunderschön. Nur nicht bezahlt.

Er dachte nicht weiter nach, verschwendete keine Zeit mit Vorwürfen und juristischen Überlegungen, kaufte zwei Rückfahrkarten für den Nachtzug nach Paris und fuhr mit dem Mann aus Uruguay ab. Er hatte genug Geld mitgenommen, sie fuhren zu den Werkstätten, bezahlten Kostüme und Dekorationen, ließen sie verpacken und erreichten den Nachtzug nach Salzburg. Der sympathische Mann aus Uruguay hatte eine Flasche Champagner gekauft, eisgekühlt. Sie tranken im Zug, genossen den Gedanken, Kostüme und Dekorationen auf dem Weg zu wissen und wieder hatte er eine wichtige Erfahrung gemacht. Nur durch Handeln war der Gefahr zu begegnen. Er beobachtete die Proben und musste feststellen, dass der Regisseur sich weitgehend auf Improvisieren verließ. Die Choreografin dagegen hatte die Gruppe der Tänzerinnen im Griff, die Marktszenen und Tanzeinlagen hatten bereits Gestalt angenommen. In den Abendstunden wurden Voudou–Rituale zelebriert. Er wurde dazu eingeladen, durfte zusehen, wenn die jungen Tänzerinnen ihren Gott im Tanz umgarnten, um sich fast besinnungslos tanzend einem Orgasmus hinzugeben. Vereinigung mit ihrem Gott.

Ein heiliger Baum war in Haiti für die Aufführung gefällt worden. Fünf Trommeln hatten sie aus diesem Baum herausgesägt, von der mannshohen, tiefen bis zu einer kleinen, zierlichen, mit der die hellen Töne ertrommelt wurden. Der Trommler war ein Kind des Urwalds. Wenn er vor der Pause sein Solo gab, eine sich steigernde, wirbelnde Trommelsymphonie, wobei er die hohe Trommel nur im Sprung erreichen konnte, um in der Luft schwebend mit einem gewaltigen Schlag den Schlusspunkt zu setzen, gab es bei jeder Vorstellung einen langen, begeisterten Applaus. Unvergesslich der Rhythmus der wunderbar choreographierten Szenen, in die alle Mitwirkenden einbezogen waren, die stillen Momente der Botschaft, Befreiung aus der Sklaverei. Das Bild der Schwarzen im Empirekostüm, der dunkle König im Hermelin, die Körpersprache der Menschen aus einer anderen Welt.

Die Aufführung wurde eingeladen nach Venedig, nach Berlin, nach Brüssel. Der Erfolg überstrahlte alle Schwierigkeiten, mit denen er sich bis zur Premiere herumschlagen musste. Das Ensemble war keine in sich geschlossene Einheit. Der disziplinierten Gruppe der Tänzerinnen, ihrer straffen Führung durch die Choreografin, der königlichen Würde des Hauptdarstellers aus Senegal stand die nie versiegende Improvisationslust des Regisseurs gegenüber. Um den zu bändigen, hatte er in den letzten Probentagen die Leitung der Technik, der Lichtgestaltung übernehmen müssen, hatte radikale Kürzungen der ausufernden Handlung bestimmt. Die Aufführung durfte nicht länger als drei Stunden dauern, sonst hätten Besucher von Außerhalb den letzten Bus oder die letzte Bahn nicht erreichen können. Nach einer Probe, der ersten, in der seine Kürzungen berücksichtigt wurden, wollte die Darstellerin der Königin abreisen. Er holte sie vom Bahnhof zurück ins Theater, nachdem er ihr klargemacht hatte, erst die Kürzung ihrer Szenen würde ihr die schweigende Größe einer Königin verleihen. Das sah sie ein.

Noch in Paris war ihm empfohlen worden, sich nie auf Diskussionen einzulassen. Die Schwarzen seien an dergleichen nicht gewöhnt, am ehesten verstünden sie Zuckerbrot und Peitsche. Das wies er weit von sich. Die Farbigen seien Menschen wie er. Er würde sie achten wie seine eigenen Mitarbeiter. Er büßte, indem er Stunden in fruchtlosen Diskussionen mit dem Ensemble verbrachte, wenn er klar machen musste, dass er Wünsche nach Honorarerhöhungen, die nach dem großen Erfolg als selbstverständlich erwartet wurden, nicht erfüllen konnte.

Einmal, vor der Abfahrt nach Wien, wo er die Aufführung für einen Fernsehsender aufzeichnen wollte, blieben sie in ihren Hotelbetten. Sie würden nur aufstehen, wenn er ihnen ein Sonderhonorar zahlen würde. Er konnte sie überreden, aus ihren Betten zu steigen und sich mit ihm auf der Wiese im Park hinter dem Hotel zu treffen. Sie kamen in Nachtgewändern, lagerten auf der Wiese, ließen sich nicht überreden, den Bus zu besteigen, der vor dem Hotel zur Abfahrt bereit stand. Es war ein sinnloses aber freundliches Palaver. Gemeinsam mit dem Mann aus Uruguay machte er den Lagernden klar, die Aufzeichnung sei im Vertrag vorgesehen und mehr als die bereits bezahlten Vorschüsse könne er nicht zusagen. Und er erinnerte daran, wo das Geld für Kostüme und Dekorationen geblieben war.

Doch das Wetter war schön, sie genossen die Sonne und verharrten auf der Wiese im Nachtgewand. Der Fahrer des Busses, ein älterer, ehemaliger Fremdenlegionär, riet ihm, in sein Büro zu gehen. Sie würden einsteigen, sobald die Sonne untergeht. Er folgte dem Rat, und der Bus fuhr bei Sonnenuntergang ab. Alle saßen auf ihren Plätzen, die Männer mit Salzburger Gamsbarthüten auf dem Kopf, die Frauen diszipliniert und still. Die Stimmung war friedlich. Nachts kamen sie an in Wien.

Sie bezogen ihr Hotel. Er musste sie ausschlafen lassen. Er hatte sich an Verspätungen gewöhnt, sie waren Teil des Abenteuers geworden. Die Aufführung wurde aufgezeichnet, er konnte sie verkaufen und so einen Teil des Verlustes wettmachen.

In Venedig spielten sie im Teatro Fenice. Auch hier ein überwältigender Erfolg. Das Ensemble wurde zu einem Empfang in den Dogenpalast geladen. Sie erschienen in langen, weißen Gewändern vor der berühmten Kulisse. Über allem ein leuchtender Mond. Die Venezianer erinnerten sich an die große Zeit der Republik, die das halbe Mittelmeer beherrscht hatte.

Das Theater in Berlin war dem technischen Aufwand der Aufführung nicht gewachsen. Aber verzaubert von der Schönheit der farbigen Menschen in den Empire–Kostümen, von Musik und Trommeln berauscht, fiel den Zuschauern nicht auf, dass es sich um Pannen handelte, wenn mitten in der Szene ein Dekorationsteil plötzlich nach oben verschwand oder wenn es während einer bedeutenden Rede des Königs dunkel wurde.

Schließlich Brüssel. Ein Erfolg, der alles Bisherige in den Schatten stellte. Die fünf Vorstellungen waren ausverkauft, zum Teil doppelt. Zuschauer saßen auf den Treppenstufen zwischen den Stuhlreihen. Er musste einigen erlauben, die weinend um eine Eintrittskarte baten, in der ersten Gasse des Bühnenraums die Aufführung zu beobachten. Die Stadt vibrierte unter der Botschaft des Stückes. Die Ermordung Lumumbas, der Tod Dag Hammarskjölds, beides lag nicht weit zurück. Der Kongo war einmal Privatbesitz des belgischen Königs gewesen, jetzt fiel er im Bürgerkrieg, der das Land zerrüttete, auseinander.

In der letzten Vorstellung, der erste Teil war beendet, das Publikum ging in die Pause, wurde er auf die Bühne gebeten, das

Ensemble wolle ihn sprechen. Er konnte sich vorstellen, worum es wieder einmal ging. Sie erwarteten ihn in gehobener Stimmung. Die Erfolge hatten sie übermütig gemacht. Sie wollten mehr Geld. Er trat ihnen gegenüber, inzwischen total erschöpft und überhaupt nicht erpicht darauf, die Pause mit einer sinnlosen Diskussion auszufüllen. Er wusste, sie hatten ihn inzwischen liebgewonnen, vielleicht weil er so viel Zeit mit ihnen im Gespräch verbrachte oder weil sie fühlten, dass auch er sie liebgewonnen hatte. Ihr Sprecher, der Narr des Königs, ein Mann aus der Elfenbeinküste, ergriff das Wort: Sie würden nur weiterspielen, wenn er ihnen jetzt ein Extrahonorar versprechen würde. Zum ersten Mal dachte er an den Rat, den man ihm zu Beginn des Abenteuers gegeben hatte. Während sie geduldig auf seine nun fällige Zusage warteten, spürte er in sich die Befreiung von der Pflicht, die ihn bis hierher gebunden hatte. Und er sagte zu diesen liebenswerten Menschen, die lächelnd um ihn herumstanden: Dann kann ich ja jetzt in mein Hotel gehen und mich schlafen legen. Und ihr könnt auch in euer Hotel gehen. Aber vorher wird das Publikum in den Zuschauerraum zurückkehren, neugierig auf die Fortsetzung des Stückes. Sie freuen sich auf euch, die ihr eine so große Begeisterung ausgelöst habt. Ich werde vor den Vorhang treten und eine kleine Rede halten, denn ich muss ja erklären, warum das Stück nicht weitergespielt werden kann. Ich werde sagen, diese Menschen, diese wunderbaren Schauspieler, die Sie in diesem wunderbaren Stück erlebt haben, sind leider auch ganz kleine Erpresser. Weil Sie ihnen so begeistert applaudiert haben, soll ich ihnen jetzt mehr Geld zahlen, als in ihrem Vertrag steht. Und das Geld habe ich nicht. Ich hätte es vielleicht noch, wenn sie es nicht am Anfang der Proben in Paris aufgegessen hätten. Gehen sie nach Hause und erinnern Sie sich an einen schönen aber leider nicht vollendeten Abend. Verblüfft und entsetzt sahen sie ihn an. Das war nicht mehr der, den sie seit Paris und Salzburg zu kennen geglaubt hatten. Durcheinander redeten sie. So war es nicht gemeint. Wir spielen weiter. Vergib uns. Und er vergab ihnen und sie spielten das Stück zu Ende. Und es war für sie alle ein unvergessliches Erlebnis. Am nächsten Morgen wartete der Bus wieder stundenlang und der ehemalige Fremdenlegionär philosophierte über die Psyche der Afrikaner. Währenddessen stand der Hauptdarsteller, der große Schauspieler aus Senegal, total betrunken und nackt in seinem Hotelzimmer und weinte. Er ließ niemanden an sich heran, prügelte jeden, der ihn holen wollte, aus dem Zimmer. Er fühlte sich dem ermordeten Lumumba nah und wollte nicht gestört werden.

*

Ich hatte gedacht, das Theater sei meine Welt. Es war einmal meine Welt, aber die gibt es nicht mehr. Es war Abenteuer, es war Risiko. Es gab keine Sicherheit. Es war persönlicher Einsatz. Verantwortung. Was gibt es noch. Was ist noch da. Die großen hochsubventionierten Apparate, die der gönnerhafte Staat oder die ehrgeizige Stadt sich halten. Wie einst die Könige, die Fürsten und Großherzöge ihre Hoftheater. Da wurde gespielt, was der Souverän sehen wollte. Heute sind es oft des Kaisers neue Kleider oder Entrümpeltes, Entkleidetes. Doch ohne das Kleid ist die Nacktheit arm. Die Griechen, für die Theater Katharsis bedeutete, verhüllten die Nacktheit, die ihnen sonst selbstverständlich war. Sie verhüllten sogar das Gesicht mit der Maske, um dem Wort mehr Gewicht zu geben.

Heute wird viel geschrien auf der Bühne. Oft so laut, dass man das Wort nicht erkennt. Es gibt keinen Grund für das Geschrei.

Keinen Grund, den Schauspieler zu zwingen, sich schreiend im Dreck zu wälzen, ihm Nacktheit abzuverlangen, die er subtiler, tiefer zeigen könnte, wenn er Haut und Geschlecht nicht entblößen müsste. Er muss nicht nackt sein, um Nacktheit zu spielen. Und warum das Geschrei. Kein Vertrauen in das Wort, Angst vor dem Wort? Wie wohltuend ist ein leise gesprochener Satz, wenn er den Höhepunkt einer Auseinandersetzung markiert. Wenn der

Raum den Gedanken aufnimmt und ihn weitergibt. Wort und Raum sind die Welt des Schauspielers. Den Raum braucht der Schauspieler, um durch das Wort den Gedanken leben zu lassen. Er braucht keine Leinwand, die ihn in Großaufnahme zeigt. Auch der Zuschauer braucht nicht Leinwand und Großaufnahme. Beides stört die Beziehung zum Raum. Beides zerreißt für Schauspieler und Zuschauer die Einheit von Raum, Wort und Gedanken. Der Verschleiß des Gesichts, dem der Raum fehlt, der Missbrauch der Großaufnahme, die wie im luftleeren Raum schwebt, nimmt dem Schauspieler seine Freiheit. Er kommt mit dem Raum Bühne nicht mehr zurecht. Er wirkt dort wie verloren. Er braucht auch nicht Nebelschwaden um seine Beine, nicht Blut auf der nackten Haut. Auch Tränen nicht, die Schminke sichtbar machen, wenn sie rinnen. Die Bühne bedarf keiner naturalistischen Details, die den Raum verkleinern und vom Inhalt ablenken. Wort und Gebärde, Körpersprache, Tanz sind die Mittel des Theaters. Der Schrei, die letzte Steigerung, einer Not, einem Schmerz Ausdruck zu geben, darf nicht abgenutzt werden. Seine größte Wirkung kann er erreichen, wenn er stumm bleibt.

*

Ist es das Alter, das mir den Zugang verwehrt zu der Art Theater, die als modern, als heutig gilt? Theater, das Mittel des Fernsehens benutzt und Gesetze der Bühne missachtet. Das Fernsehen ist Feind des Theaters. Es dient der Gefälligkeit. Es fürchtet zu provozieren. Es verbannt Sendungen, die provozieren könnten oder sollen, wenn sie überhaupt entstehen, in die Nachtstunden. Wenige Ausnahmen bestätigen immer wieder, wie nachwirkend ein Fernsehfilm sein kann, wenn er mehr als Handlung bietet, wenn er abweicht von Formaten, an die wir gewöhnt sind, wenn er durch Originalität überrascht. Das Fernsehen könnte Forum tiefgreifender Auseinandersetzungen sein, es könnte zur politischen Bildung der Zuschauer beitragen. Es verkommt in seinen Talkshows, das Wort verrät es, zu flacher Unterhaltung. Moderatoren scheuen die Stille, in denen die Formulierung eines Gedankens gesucht wird. Sie unterbrechen den Gesprächspartner, wenn er nachdenkt. Eitelkeit lässt ihnen die eigene Wirkung bedeutender erscheinen als den Inhalt des Gesprächs. Dies trifft nicht auf jeden Moderator zu. Jedoch es fällt auf, wenn man sich an Sendungen erinnert, in denen man vom Moderator nicht mehr als Ohr und Hinterkopf sah. Politiker, die sich zurzeit in Talkshows abnutzen lassen, betreiben populistischen Missbrauch. Und die Einschaltquote? Sie verliert ihr Gewicht, wenn man sich vorstellt, wie in vielen Haushalten das Fernsehprogramm nur als Geräuschteppich oder beruhigende Ablenkung genutzt wird. Oder zum Einschlafen, zur Entspannung nach einem Tag der Mühe und Arbeit. Das schlimmste Urteil über eine misslungene Theateraufführung ist ein schlafender Zuschauer. Der ärgert sich über das Geld, das er an der Kasse bezahlt hat. Der schlafende Fernsehzuschauer hat das Geld für die Schlaftablette gespart. Die Fernsehgebühr per Gesetz zu erheben, verstößt gegen Grundrechte, selbst wenn es dem Gesetzgeber um den gesunden Schlaf der Fernsehzuschauer gehen sollte.

Vielleicht ist das Theater nicht verschont geblieben von dem Verdrängungsmechanismus, der auf die Jahre der Diktatur folgte. Meinen die Enkel mit Füssen treten zu müssen, was den Großeltern ein Trost war in jenen Jahren? Wollen die sich fortschrittlich Gebärdenden nicht wahrhaben, dass während jener Zeit ihre Großeltern nur noch im Theater den Atem der Freiheit, der Gerechtigkeit spürten, wenn sie Texte von Lessing und Schiller hörten. Für sie war das andere Deutschland nur dort noch Gegenwart. In einem der großen Berliner Theater gab es ein Ereignis, das tausendfach weitererzählt wurde.

Während einer Aufführung von Schillers *Don Carlos* geschah es, als in der großen Szene zwischen dem König und Marquis Posa dieser fordert *Geben sie Gedankenfreiheit!*, ein Zuschauer vorsichtig zu applaudieren wagte, woraufhin andere folgten, bis das ganze ausverkaufte Haus sich in einen tosenden Applaus steigerte. Ein Zuschauer nach dem anderen stand auf. Die Schauspieler verharrten schweigend in ihren Positionen. Schließlich standen alle, und ein befreiender Gedanke konnte sich entfalten. Ein Gedanke, dem die Diktatur nicht gewachsen war. Das gemeinsame Aufstehen, ein symbolischer Aufstand, muss zwingend gewesen sein. Selbst Anhänger des Regimes, wenn sie anwesend waren, konnten sich nicht entziehen. Es schützte sie die Anonymität der Masse. Jedoch gespürt haben sie den Atem der Freiheit, nach der die anderen sich sehnten.

Werktreue zu nichtachten ist Mode geworden. Gegen diese armselige Mode, gegen Skelettierung, Verhöhnung, Missachtung setzte in Berlin ein zorniger Außenseiter zehn Stunden Wallenstein, wortgetreu und mächtig. Alle Vorstellungen in der riesigen Halle waren ausverkauft. Votum des Zuschauers.

Regisseure, denen es gelungen ist, als prominent zu gelten, sollten darüber nachdenken. Leider pflegen viele von ihnen statt Bescheidenheit vor dem Werk deutscher Dichter Eitelkeit und Hochmut. Sie verrenken sich in der Bemühung besonders zu sein und überschätzen sich. Und der Souverän von heute, Staat oder Stadt, honoriert das mit hohen Gehältern. Und wo Staat oder Stadt nicht Hausherren sind, wo mit dem Erlös aus Kartenverkauf die Kosten einer Aufführung gedeckt werden müssen, regiert Belanglosigkeit. Je glatter die Oberfläche, desto friedlicher der Biergenuss in der Pause und umso ruhiger der Schlaf im heimischen Bett. Nur nicht wehtun, nur nicht den Schauer wecken, der das Lachen begleiten sollte. Es könnte sich ja ein Zweifel regen. Oder das Gewissen.

Er hat lange gesessen auf der Bank. In seinen Gedanken war er weit zurückgegangen. Die Entscheidung, seinen Vertrag mit dem Deutschen Theater aufzugeben, auf eine Karriere als Schauspieler zu verzichten, der Händedruck, der Blick des Intendanten, der Verstehen zeigte. Er hatte das alles noch einmal erlebt. Und er würde heute nicht anders handeln. Das Muster seines Lebens.

Von vorn beginnen, immer wieder. Damals die Entscheidung nicht mitzumarschieren, Absage an einen Zwang, dafür die Arbeitslosigkeit als Freiheit empfinden. Absurd, und doch so leicht zu verstehen, wenn ich mich an das Erlebnis des Krieges und die ersten Jahre danach erinnere. Immer wieder alles verloren. Leben und Handeln ohne lästigen Ballast. Und, weiter zurückblickend, an den Satz von der Schande. Ich bin der geblieben, der ich damals war. Der, von dem der Alte da träumt. Jung, lebendig und frei. Der aus dem Traum, den der Alte immer wieder träumt, der steile Wege bergaufwärts läuft, über Abgründe springt, Trümmer,

Ruinen überwindet, einem Ziel entgegen, das im Dunkel liegt, das ihn lockt. Der Weg, so steinig er ist, macht ihm keine Mühe. Er ist sein Element. So träumt der alte Mann. So träumt er mich. Und ich sehe, wie er seine Krücken nimmt und aufsteht. Und ich weiß, ich bin er. Am Strand herrscht Ruhe. Er geht den Weg zur Klinik. Die Strandkörbe sind leer. Kein Kindergeschrei mehr. Er weiß, morgen wird er entlassen. Man wird ihn abholen. Und er weiß, die Auflösung des Archivs liegt vor ihm. Der andere Abschied. Der von seinen Filmen.

In die beiden Kellerräume dringt wenig Licht von außen. Die Fenster befinden sich unter Straßenniveau. Man kann die Beine der Passanten sehen, die Räder vorüberfahrender Autos, den Hund, der am Baum schnuppert und das Bein hebt.

Eins der Fenster hat er geöffnet, sieht ein paar vertrocknete Lindenblätter draußen am Glas in einem Spinnennetz. Die Räume sind niedrig, bis zur Decke Regale, gefüllt mit Aktenordnern, Büchsen mit Filmmaterial, Videokassetten. Trockene Bilanz seiner Kämpfe, der Gewinne und Verluste. Staub über allem. Staub von vierzig Jahren. Er kann ihn riechen, den Staub. Ein alter Schreibtisch, Ablagekörbe, Büroutensilien. Ein Kopiergerät, das nicht mehr funktioniert. Nur noch, wenn der einzige Freund, der ihm zu helfen gekommen ist und neben ihm steht, mit wissender Hand ein wenig nachhilft. Er muss jetzt entscheiden, was vernichtet und was aufbewahrt werden soll. Noch weiß er nicht, wo das Aufzubewahrende gelagert werden kann. Die Hinterlassenschaft meiner Filme, denkt er und liest die Beschriftung der Aktendeckel. Er findet die Geschichten wieder, die Menschen, ihre Schicksale, die ihn betroffen gemacht und verführt haben, sie als Film zu erzählen.

*

Jeder der Filme ist ein Teil von mir. Mit jedem Film habe ich mich gesucht. Ich wusste das nicht. Heute weiß ich es. Es war leicht gewesen, gegen den Strom zu schwimmen, belebend, erfrischend. Ich konnte mich wehren gegen die Barrieren der Bürokratie. Einige Male gelang es, sie zu überwinden. In meinem Bereich gab es kein Scheuklappendenken, die Sicht war frei. Beglückend. Ich blieb Einzelgänger, Außenseiter. Es hätte nicht zu mir gepasst, mich irgendeiner Gruppe anzuschließen oder einem Trend zu folgen. Das Risiko als Lebenselement nehmen, sich ihm ausliefern. Oder sich ihm anvertrauen. Ja, anvertrauen. Und jetzt hole ich nach, erinnere mich, wie schwer es war, wie ich um einige Filme jahrelang kämpfen musste. Nie aufgeben war die Maxime.

*

Ein Foto liegt vor ihm. Ein schmales Kindergesicht hinter Gittern. Angst. Er denkt an die Kinder, mit denen er gearbeitet hat, Dreizehnjährige aus Berlin-Neukölln, die Dreizehnjährige in den letzten Kriegstagen spielen sollen. Muss der kleine Jude, den sie gefunden haben, gemeldet, ausgeliefert werden? Für Willy, den gläubigen Hitlerjungen, ist es Pflicht, den Juden zu melden. Die anderen wollen ihn verstecken, beschützen. Sie haben schnell verstanden, worum es geht. Sie haben sich den Roman besorgt, der dem Drehbuch zugrunde liegt. Sie wollen mich sprechen, das Drehbuch muss geändert werden. Willy muss sterben, wie es im Roman steht. Ich erkläre ihnen, warum ich den anderen Schluss gewählt habe, warum Willy nicht sterben muss. Warum mir der Tod zu hart ist als Strafe für den Gehorsam, den Willy seinem Führer schuldig zu sein glaubt. Ich möchte, dass er seinen Irrweg erkennt, Läuterung erfährt. Nein, sagen sie, Willy muss sterben.

Ich werde darüber nachdenken. Jetzt an die Arbeit.

Mit einem letzten *Willy muss sterben* gehen sie an die Arbeit. Sie sind sich einig, der Regisseur liegt falsch.

Wir drehen während der Osterferien, keine Zeit für Diskussionen. Aber ich denke nach, suche zu verstehen, was die Kinder mir sagen wollen. Die Szene, die die Autorin für mich umgeschrieben hat, in der Willy seinen Irrweg begreifen soll, wird am letzten Tag gedreht.

Es ist kalt geworden. Schneeflocken wehen über den Schulhof. Alles ist vorbereitet für die erste Einstellung.

Willy steht abseits, in sich gekehrt. Ich gehe zu ihm.

Wenn ich Dir sage, ich möchte Dir ein Geschenk machen, kannst du Dir vorstellen, was es wäre?

Er schüttelt den Kopf. Denk mal nach.

Keine Ahnung. Sag´s doch.

Du darfst sterben.

Er wird blass, fast weiß im Gesicht, hat Tränen in den Augen. Er schluckt.

Aber Du spielst auch die andere Version. Im Schneideraum entscheide ich, welche die bessere ist.

Er hat beide Versionen gespielt, und es war uns allen klar, die Kinder hatten Recht.

Kinder sind nicht in Gefahr, wenn sie eine Rolle zu spielen haben, ihr Zugang zur Rolle ist direkt. Sie können die Rolle sein, doch es bleibt Spiel. Im Glücksfall hochkonzentriert, aber Spiel.

Abiram, der den kleinen Juden spielt, soll Angst haben. Allein sein, verlassen auf dem Dachboden. Kein Ausweg, keine Hilfe. Er liegt geduckt unter einem Balken. Wir lassen Dich hier allein, sage ich.

Da steht die Kamera, Du hast zehn Minuten Zeit.

Stell Dir das Verlassensein vor, die Angst.

Nach zehn Minuten kommen wir wieder, lassen die Kamera laufen. Ich rufe Dich. Du hebst den Kopf, und ich sehe, was Du fühlst. Zehn Minuten war er allein. Dann rief ich ihn. Es war alles in seinen Augen: Angst, Verzweiflung, Verlorensein. Und gleich danach konnte er lachen und mit den anderen herumalbern.

Die Kunst des Schauspielers lebt von der Distanz, die er zur Rolle hält. Vergleichbar dem Maler, dessen Distanz zur Leinwand, zur Farbe, zu seinem Material. Das Material des Schauspielers ist er selbst, er schafft aus sich den Menschen, den er spielt. Er dirigiert sich, beobachtet sich, so genau, so wissend, dass sein Kunstwerk, der Mensch, den er spielt, für das Publikum lebt. Er kann den Gedanken sichtbar machen. Eine unterbrochene Bewegung, ein plötzliches Verhalten gibt dem Gedanken Raum. Er kann den Zuschauer erreichen, ihn weiterdenken lassen. Der Gedanke ist Inhalt des Kunstwerks Mensch, das der Schauspieler dem Publikum bietet. Es ist des Schauspielers hohe Kunst, mit Hilfe seiner Distanz zur Rolle den Zuschauer am Gedanken teilhaben zu lassen, der tieferen Schicht, die zu vermitteln Aufgabe des Theaters ist. Wenn so sich eine Welt erschließen lässt, hat sich der hohe Preis für die Theaterkarte gelohnt. Sonst nicht. Vorbei, denkt er, das liegt weit hinter mir. Doch es war einmal meine Welt. Zur Zeit der Arbeitslosigkeit, nach dem Abschied von der Bühne des Deutschen Theaters, als ich mit anderen arbeitslosen Schauspielern ein Theater gründete, eine Bühne baute. Das war Freiheit. Kein verwalteter Apparat. Ein Zuschauerraum mit dreihundert Plätzen und einem Dach, das man öffnen konnte. Das ehemalige *Café Leon* am Lehniner Platz. Wir träumten vom Globe-Theater. Wir träumten vom Griechischen Amphitheater. Wir hatten kein Geld, keine Techniker, wir machten alles selbst. Ein Ensemble wie eine Familie, jeder verantwortlich für das Ganze.

Fünf Jahre habe ich dieses Theater geleitet, als Kollektiv geführt. Jede Einnahme wurde unter allen zu gleichen Teilen verteilt. Jedes Jahr wurde ich vom Ensemble wiedergewählt. Ein freies Leben und Arbeiten. Das Ensemble ist mir erhalten geblieben. Immer wieder, über Jahrzehnte hinweg, taucht der eine oder andere in meinen Produktionen auf, und wir erinnern uns gemeinsam, wie wir im halbzerstörten Berlin anfingen. Und wie wir ein paar Jahre später mit dem Kritikerpreis geehrt wurden. Es ist ein Modell idealer Demokratie gewesen, unser Ensemble. Es gab die Starken, die waren in der Minderheit. Und es gab die Schwachen. Und jeder hatte das gleiche Recht wie der andere. Es drückte sich darin aus, dass jede Einnahme geteilt wurde. Keiner bekam mehr als der andere. Und jede Stimme hatte das gleiche Gewicht. Grundlage für gegenseitige Achtung. Auch wenn meine Filme erst zwanzig Jahre später entstanden, sind ihre Wurzeln doch in jenen Jahren gewachsen. Wie das Unbehagen wuchs über die deutschen Filme, die in jener Zeit gedreht wurden, deren Belanglosigkeit nicht zu unterbieten war. Filme über eine heile Welt, die es nie gegeben hat, dumm und banal, weit unter dem Niveau der Komödien aus den Dreißiger- und Vierzigerjahren, mit denen dem Publikum die heile Welt Goebbelsscher Prägung vorgeführt wurde, hinter deren Fassade sich das wahre Antlitz des Naziregimes verbarg.

In meinen Filmen stehen Verlierer im Mittelpunkt. Außenseiter, denen sich niemand zuwendet. Verbrecher, in denen wir Menschen entdecken. Jeder der Filme entstand aus einer skeptischen, kritischen Haltung zu unserem politischen System, ein dem Individuum feindlichen System, das aufgebrochen werden müsste, um Kräfte freizusetzen, die wie in einer Zwangsjacke gefangen sind. Sicherheit, nur darum geht es. Kein Risiko. Aber Leben ist Risiko.

Ist unser Schulsystem geeignet, die sich aus dem Unbändigen entfaltende individuelle Kreativität zu fördern oder die in der Stille des Herzens schlummernde zu wecken. Oder hemmt dieses System, weil es ein Mittelmaß an Wissen, eine Beschränkung nach Oben und Unten anstrebt, weil es den gehorsamen Bürger dem Rebellen vorzieht, weil es Glätte und Konturlosigkeit zu brauchen meint, damit Ruhe und Ordnung herrschen. Das Versäumnis, nicht gleich nach dem Krieg die zwölf Jahre Drittes Reich und ihre Entstehungsgeschichte zum Unterrichtsfach gemacht zu haben, lastet auf Generationen. Der erste Bundespräsident hatte verlangt, Hitlers Buch *Mein Kampf* zur Schullektüre zu machen. Zur Aufklärung der Jugend über das Versagen ihrer Eltern und Großeltern. Zum Erkennen der Entwicklung, wie ein Verbrecherstaat entstehen kann. Zum Mündigwerden eines Volkes, das überwinden will, den eigenen Anteil an Schuld entdecken, Verantwortung annehmen, sich ihrer bewusst werden will. Es passte nicht in den Umerziehungsplan der Besatzungsmächte, dem sich das gedemütigte Volk fügte. So kam es zur Verdrängung all dessen, das hätte verarbeitet werden müssen.

Der junge Mensch mit seiner Wissensbegierde ist neugierig genug, sein Schicksal begreifen zu wollen, wenn er konfrontiert ist mit ihm. Jedes System braucht Widerspruch und rebellischen Geist, um sich ständig erneuern zu können, um selbst Kreativität zu entwickeln. Die Staatlichen Behörden verschwenden Kraft und Zeit, indem sie Verwaltung wuchern lassen und wetteifern, Bürokratisierung zu vervollkommnen, wo Eigeninitiative Belebung, Erweiterung, Erneuerung fördern würde.

*

Adolf Petersen, Ausbrecher schon als Kind, Abenteurer, Hamburgs berühmtester Einbrecher, ein Robin Hood der ersten Jahrzehnte des Zwanzigsten Jahrhunderts, sehnte sich nach bürgerlicher Reputation. Seine Geschichte ist ein Beispiel weit gespannter Kreativität, die sich ihr Ventil in krimineller Energie sucht. So wie ihm ein Platz in der Gesellschaft verwehrt wurde, wuchs seine Verachtung für die bürgerliche Gesellschaft. Seine Raubzüge wurden frecher, er erklomm das Schlafzimmerfenster im zweiten Stock der Villa des Polizeipräsidenten, stieg ein, knackte den

Tresor des selig im Champagnerrausch Schlafenden und verteilte die Hälfte der Beute an Arme und Bedürftige.

Im Hamburger Staatsarchiv fand die rothaarige Schönheit, mit der ich später das Drehbuch schrieb, Petersens Lebensbeichte, niedergeschrieben in der Gefängniszelle, bevor er sich das Leben nahm. Wir entdeckten einen Menschen, mutig, trotzig, verwegen, mit einem romantischen Frauenbild, naiv und gerissen, mit Sinn für Komik im Drama, Mitgefühl für die Armen und Verachtung der Reichen und Herrschenden. Und in allem Sehnsucht nach Gerechtigkeit. Der Film wurde kalkuliert, ein Drehbuch wurde entwickelt, das Ensemble zusammengestellt. Ein Viertel der Finanzierung war vorhanden, Prämie für den ersten Film, Shakespeares *Was ihr wollt*. Eine Hippie–Hommage an Landschaft und Natur, der Liebe Verfallensein. Für diesen ersten Film hatte ich sogar einen Verleih gewinnen können. Doch als es keine guten Kritiken gab und in den ersten Tagen das Kino nicht ausverkauft war, ließ der Verleih den Film fallen. Schon war ich zum Risiko geworden. Man traute mir keinen Erfolg mehr zu. Doch es gab kein Zurück. Nie aufgeben. Ich fand zwei Unternehmer, die sich im Filmgeschäft versuchen wollten. Sie boten mir die Hälfte der kalkulierten Kosten gegen fünfzig Prozent aller Gewinne. Ein faires Angebot. Der Drehbeginn stand unmittelbar bevor, ich hatte nur den Film im Sinn, da musste

Handschlag genügen. Die Partner versprachen den Vertrag aufzusetzen. Und ich stürzte mich in die Arbeit. Was ich nicht wusste und mich nicht interessierte: während ich mit der Arbeit beschäftigt war, schossen die Festgeldzinsen in ungewohnte Höhe. Die beiden Vertragspartner besuchten mich bei den Dreharbeiten, fanden alles wunderbar, drückten mir die Hand und sagten, sie hätten es sich anders überlegt. Das würde ich doch verstehen. Bei den Zinsen. Sie hätten ihren Einsatz verdoppelt zurück bekommen, wie sich später herausstellte. Aber das konnten sie nicht wissen. Und ich wusste es auch nicht. Ich wusste auch nicht, wie ich den Film zu Ende drehen sollte. Doch ich gab nicht auf, ich kürzte nicht, ich sparte nicht, bis mir das Geld ausging und ich Rechnungen nicht mehr bezahlen konnte. Ich musste abbrechen. Der glückliche Umstand, dass die Dramaturgin einer Fernsehanstalt sich für meine Arbeit interessierte und ich ihr Teile des Films zeigen konnte, ergab einen Finanzierungsbeitrag, mit dem ich den Film weiter drehen und fertigstellen konnte. Immer noch waren Rechnungen nicht bezahlt und die Schauspieler warteten auf ihre Gagen. Ich fuhr mit der einzigen Kopie und der Empfehlung eines wohlmeinenden Kritikers nach München und führte den Film einem Verleiher vor. Der war bereit, den Film ins Kino zu bringen, erwartete tiefe Dankbarkeit von mir und war überrascht, als ich auch noch Geld haben wollte.

Ich verlangte eine hohe Summe als Vorschuss auf meinen Anteil an den Einnahmen. Ich musste ja Rechnungen und Gagen bezahlen und hatte den Schauspielern versprochen, nicht mit leeren Händen zurückzukommen. Ich bekam die Verleihgarantie, die Premiere des Films in Hamburg wurde ein großer Erfolg. Eins der wichtigsten Kinos war trotz Julihitze mehr als zehn Wochen ausverkauft. Der Einbrecher Adolf Petersen fand als *Lord von Barmbec*k den Weg in die Herzen der Zuschauer. Auch in anderen Städten waren die Kinos gut besucht. Der Film wurde sogar ins Ausland verkauft. Von den Erlösen sah ich leider nichts. Der Weltvertrieb war in Konkurs gegangen.

*

Der alte Mann, der dort am Kellerfenster steht und auf das Straßenpflaster blickt, hat das erlebt. Vor vierzig Jahren. Das alles hier im Keller wäre wohl nicht da, denkt er, wenn ich damals aufgegeben hätte. Der Erfolg beim Publikum gab mir den Schwung, ohne den die folgenden Jahre anders verlaufen wären.

Was kam danach. Ich hatte Szenen im Gefängnis gedreht, wo Adolf Petersen in seiner Zelle sich das Leben nahm. Es gab Gespräche mit Gefangenen, die wegen Einbruchs, Diebstahls und Betrugs verurteilt waren. Wegen Mordes Lebenslang. Vor einigen Monaten hatten Gefangene der Strafanstalt gegen den geschlossenen Vollzug revoltiert. Sie hatten sich Zugang zum Dach verschafft, Zeitungen hatten berichtet, die Öffentlichkeit war aufmerksam geworden. Anstaltsleiter und Justizsenator nutzten die Gelegenheit, den offenen Vollzug einzuführen. Ich hatte eine Idee und entwickelte ein Konzept, das ich den beiden Herren vorschlug. Gefangene sollten als Richter, Schöffen, Staatsanwälte und Verteidiger ein Verbrechen aus ihrem Kreis in einem fiktiven Prozess noch einmal verhandeln und zu einem Urteil kommen. Justizsenator und Anstaltsleiter fanden die Idee gut. Sie waren bereit, mir freie Hand zu lassen. Sie meinten, ein Rollenspiel könne Läuterung bewirken. Wir stimmten überein, trotz der Schwere einer Straftat im Verbrecher den Menschen zu sehen. Für jeden ohne Unterschied gelte der Schutz der Menschenwürde.

Jeden Monat einmal ging ich in die Strafanstalt, um mit Gefangenen die Idee und ihre Durchführung zu diskutieren, zu erfahren, ob sie bereit waren, sich für einen solchen Film zur Verfügung zu stellen.

Freiwillig meldeten sich fünfundzwanzig Gefangene. Wie stellte ich mir den Film vor? Jeder sollte sich zu Beginn mit Namen zu seiner Tat bekennen, um so gemeinsam mit mir für den Film die Verantwortung zu übernehmen. Achtzehn Gefangene waren dazu bereit. Ein Fall schien mir geeignet, doch sie schlugen einen anderen Mordfall vor. Einen Mord, an dem drei von ihnen beteiligt gewesen waren.

*

Er hält Fotos in der Hand. Gefangene, Richterroben über den gestreiften Sträflingsjacken. In lebhafter Auseinandersetzung, leidenschaftlich ringend um Recht und Gerechtigkeit, leuchtenden Auges aufgehend in ihren Rollen oder in Gedanken versunken.

Er setzt sich auf seinen alten Bürostuhl. Die Gefangenen sind ihm nah wie damals in der Anstaltskirche. Die war Schauplatz der Handlung. Jeden Morgen schloss man sie dort ein. Ihn, seine vier Mitarbeiter und die achtzehn Gefangenen. Die lieferten sich dem Prozess aus. Sie verhandelten, wie jeder von ihnen es in seinem eigenen Prozess erlebt hatte. Zur Person, zur Tat. Plädoyers der Ankläger und der Verteidiger. Beratung des Gerichts.

An manchen Tagen ging es von früh bis in die Nacht, mit einer Mittagspause, drei Wochen lang. Jede Einstellung wurde nur einmal mit zwei Kameras gedreht, ohne Probe. In den Pausen zwischen den Einstellungen wurde nicht gesprochen. Sie hielten sich an sein Gebot, diszipliniert, ganz konzentriert auf ihre Rollen. Die Mittagspause diente zu Diskussionen, an denen der Anstaltsleiter, ein Richter und ein Strafverteidiger teilnahmen. Gleichberechtigt saßen sie zwischen den Gefangenen und konnten an den Gesprächen teilnehmen. Die Gespräche wurden Teil des Films. Er setzte sie zwischen die drei Blöcke des Prozesses, die Verhandlung zur Person, zur Tat und die Beratung des Gerichts. Am Ende hatte er siebenundzwanzig Stunden Material, im Schneideraum verdichtet zu etwas mehr als zwei Stunden.

Es waren Menschen, die dort als Richter, Ankläger und Verteidiger über drei Täter aus ihrem Kreis zu Gericht saßen. Über drei Angeklagte, die einen scheußlichen Mord begangen hatten. Sie, die das Gericht spielten, und vor ihnen die drei Mitgefangenen, über die sie richten sollten. Berührend die Wandlung des Totschlägers, der den Richter spielte. Jeden Morgen brachte er einen Brief, den er in der Nacht geschrieben hatte. In ihnen gestand er die Veränderung seiner Einstellung zu den Mitgefangenen. Einer der Briefe endete mit dem Satz: Seit ich die Robe trage, spüre ich, wie mein Herz von Tag zu Tag kälter wird.

Und der Sinneswandel des Gefangenen, der einen Staatsanwalt spielte und die Höchststrafe fordern wollte. Während der Verhandlung wurde er zum Verteidiger des einen, der den tödlichen Schlag geführt hatte. Ein in sich gekehrter, schweigsamer junger Mann, der, befragt zur Person, stockend zu reden begann. Über seine Kindheit. Wie er gequält, geprügelt, geschunden wurde. Aufgewachsen unter Demütigung und Gewalt. Ein Mensch, der nichts anderes kennt. Sein Ankläger plädiert auf Freispruch. Klagt die Gesellschaft an, die Gewalt und Demütigung zulässt.

Am letzten Drehtag ist der Film in Gefahr. Wir alle übermüdet und erschöpft. Ankläger und Verteidiger haben ihre Plädoyers gehalten. Richter, Beisitzer und Schöffen beraten sich. Leidenschaftlich wird diskutiert. Lebenslang, Freispruch, Todesstrafe. Es geht hin und her, mit Zorn und Anteilnahme. Sie spüren Verantwortung, können sich nicht einig werden. Sie sind nur noch Menschen in Not. Ich muss sie an unsere Verabredung erinnern. Sie haben versprochen, zu einem Urteil zu kommen. Der Film braucht einen Schluss.

Für uns alle sind diese drei Wochen im April harte Arbeit gewesen. Für die Gefangenen höchste Anspannung. Sie hatten in den Nächten kaum geschlafen, das Strafgesetzbuch, das ich jedem von ihnen gegeben hatte, war ihre Pflichtlektüre. Jetzt sollten sie ein Urteil finden. Sie konnten es nicht. Noch einmal ermahnte ich sie. Noch einmal erinnerte ich sie an die Verabredung. Ich ließ die Kameras laufen und sagte: Bitte. Es dauerte Minuten. Nichts geschah. Da wandte sich der Älteste unter ihnen, einer der Schöffen, an die ihm nächste Kamera. Von ihm hieß es, er sei Lokomotivführer gewesen, habe mehrere Menschen getötet und sie in seiner Lokomotive verbrannt. Man konnte sehen, welche

Überwindung es ihn kostete, sich vorzuwagen. Dann sagte er im schweren ostpreußischen Dialekt, Wort für Wort aneinanderreihend: Wir können ein Urteil nicht sprechen. Das müssen Sie, die Sie den Film sehen.

Ein besserer Schluss hätte mir nicht einfallen können.

Der Film wurde zu den Berliner Filmfestspielen eingeladen und gewann den Silbernen Bären. Später nach Vorführungen des Films im Kino erlebte ich wütende Proteste von Zuschauern, die sich wehrten, im Mörder den Menschen zu sehen. Und wie schon so oft musste ich an die geachteten Führer der Weltmacht denken, die einen Krieg vom Zaun brechen, der sie reicher macht, der ihr Vermögen wachsen lässt und der hunderttausend unschuldige Menschen das Leben kostet. Auch sie Mörder. Massenmörder. Und ich musste mich ermahnen, wie in den Gefangenen meines Films in ihnen Menschen zu sehen, gierig und ohne Moral. Aber eben Menschen.

*

Von niemandem abhängig sein, darauf kam es an. Die Stellung im Beruf, in der Gesellschaft sollte Teil der inneren Unabhängigkeit, ihr Abbild sein. Es war das Ensemble der frühen Jahre gewesen, das ich fünf Jahre geleitet, das mich getragen hatte. Es war die Arbeit als freier Regisseur gewesen, als ich an Theatern in Berlin und Hamburg inszenierte. Unabhängig. Aus dieser Haltung entstanden die ersten Filme. Gegen die Anpassung. Gegen den Strom.

Ich denke an den Dichter, mit dem ich ein paar Jahre später vor dem Vorhang des Berliner Festspielkinos den Applaus eines ergriffenen Publikums entgegennehmen konnte. Und ich sehe ihn vor mir, auf dem Dach des Hauses stehend über der kleinen Wohnung, in der er lebte. Er hatte sich das Haar wachsen lassen, bis es sein Gesicht verdeckte und er die Stadt nicht einmal mehr von oben sehen konnte. Die Stadt, in der er ein Einsamer war. Ein Poet. Er schrieb die schönsten, ergreifendsten Hörspiele. Eins dieser Hörspiele wollte ich in einen Film verwandeln. Es handelt vom Scheitern eines Menschen. Mein eigenes Scheitern lag noch in weiter Ferne. Ich ahnte es noch nicht. Die Geschichte berührte mich. Märchenhaft, von Trauer durchzogen, mit komischen Elementen, leicht und ironisch erzählt. Auf meinen Wunsch machte er aus der Geschichte ein Drehbuch. Es gelang mir, einen Fernseh-Redakteur zu interessieren. Mit ihm trafen wir uns. Es wurde ein schwieriges Gespräch. Die poetisch erfasste Welt des einen fand in dem Mann des Fernsehens ein biederes Weltbild in festgefügten Grenzen. Gebunden an Erzählgesetze, die eine blühende Phantasie einschränken. Angst vor dem Moment der Unendlichkeit. Ich versuchte, Brücken zu bauen, beschrieb Szenen und Bilder, die den Zuschauer erreichen und fesseln könnten, verwies auf den tragischen Hintergrund der Komödie. Der Redakteur hatte wohl gedacht, dass sie anders gemeint sei. Nach Stunden trennten wir uns und es schien, als könne der Film zustande kommen.

Er kam nicht zustande.

Den Autor hatte ein Anruf des Redakteurs erreicht, ob er nicht zu einem zweiten Gespräch ohne den Regisseur zu ihm ins Büro kommen wolle. Es kam zu dem zweiten Gespräch. Nach ein paar Tagen erhielt ich einen Brief des Dichters. Es war ein schöner Brief. Er schrieb, ich kann es Dir nicht antun, einzugehen auf das, was der arme Mann sich vorstellt. Verzeih mir, aber ich kann es Dir nicht antun.

Die Geschichte ist nie verfilmt worden.

Ein anderes seiner Hörspiele habe ich zu einem Film gemacht. Für das Kino. Ich hätte ihn ohne Finanzierungsbeitrag des Fernsehens nicht machen können. Auch diese Geschichte passte nicht in das festgefügte Programmschema der Fernsehanstalt. Ich musste Gewalt anwenden, Gewalt auf meine Art. Ich bot die Geschichte einem Redakteur an, den ich schätzen gelernt hatte, der offen war für Ungewöhnliches, den Risiko reizte. Er las das Manuskript und sah kaum eine Chance es durchzusetzen. Ich traf mich mit ihm in

Berlin in dem Hotel, wo er übernachtete. Wir saßen in der Lobby, ich warb, versuchte zu überreden. Als nichts fruchtete, sagte ich, ich bleibe hier sitzen, bis Sie ja sagen. Wenn Sie es nicht können, werde ich hier auf dieser Bank schlafen und nicht weggehen, bevor ich Ihre Zusage habe. Er kapitulierte lächelnd. Vielleicht, weil er mich schätzte, vielleicht aber auch, weil die Geschichte ihn überzeugt hatte und er den Kitzel spürte, mit mir ins Risiko zu gehen. Es geht um einen Menschen, der in Verdacht gerät, ein Kind getötet zu haben. Es gibt keinen Beweis, kein Indiz, der Mann ist verdächtig, weil er ein Fremder ist. Zugrunde liegt eine Zeitungsnotiz aus dem Jahr 1927. Nur wenige Zeilen. Sie haben den Autor angeregt, eine Geschichte zu erfinden, in der das Klima der Nazizeit spürbar wird. Sie handelt von Verrat. Von einer gelogenen Freundschaft, von der Verzweiflung eines Menschen, der ein Geständnis ablegt, weil er in dieser Welt nicht mehr leben will. Er weiß, das Geständnis wird sein Todesurteil sein. Der andere ist ein mittelloser Student. Von der Polizei angeworben und dafür bezahlt, sich in das Vertrauen des Verdächtigten einzuschleichen. Der ist Pole, Gärtner auf einem schlesischen Gut. Unbescholten, aber nicht wirklich integriert in die kleine Gemeinde. Man rät ihm, das Dorf zu verlassen, er zieht nach Berlin. Der Student folgt ihm, nähert sich ihm, es entwickelt sich eine Freundschaft. Den Studenten quälen Skrupel, seine Rolle wird ihm unangenehm und er versucht auszusteigen, schildert dem Kommissar, warum er den anderen für unschuldig hält. Der Kommissar erhöht das Honorar. Und der Student spielt seine Rolle weiter. Zum Schein tötet er einen Betrunkenen, den ein Polizist spielt, und wird so in den Augen des Polen zum Mörder. Er gibt vor, das Land verlassen zu müssen, hat einen Pass nach Schweden. Der Pole beschwört ihn, bleib, ich verrate dich nicht. Der Student spielt den Verzweifelten, er müsse das Land verlassen. Der andere will ihn, den Freund halten. Auch ich bin ein Mörder, sagt er, wir sind gleich. Bleib hier. Da ist das Geständnis, auf das die Polizei gewartet hat. Der Kommissar hat es im Nebenraum gehört und verhaftet den Polen.

Ich habe diese Geschichte erzählt, als wisse ich nicht, ob der Pole getötet hat oder nicht. Ich weiß es bis heute nicht. Auch der Dichter, der die Geschichte erfand, weiß es nicht. Hat der Mann gelogen oder gestanden, um den Freund zu halten. Danach hat er geschwiegen und ist verurteilt worden. Der Student wurde Priester. Es gab eine Testvorführung in einem kommunalen Kino mit neunzig Zuschauern. Man hatte ihnen Zettel gegeben, auf denen sie Fragen fanden, die sie beantworten sollten. Eine der Fragen war, welcher der drei Hauptdarsteller ist ihnen sympathisch. Der Pole, der Student oder der Kommissar. Eine andere Frage lautete, hat der Pole das Kind getötet. In fast allen Antworten galt der Pole als sympathisch und fast alle sahen in ihm den Mörder. Natürlich spielt die Leistung des Schauspielers hierbei eine Rolle, jedoch beweist die Publikumsreaktion ein feines Gespür für das Unmenschliche der Polizeimethode.

Es gab noch eine andere Testvorstellung. Der Verleih hat sie veranstaltet, für Kinobesitzer. Da fand der Film auch Ablehnung.

Skepsis, Sorge um negative Publikumsreaktionen. Ich wurde angegriffen. Wie kann man so einen Film machen und Mitgefühl wecken für einen Mörder. Ein wütender Theaterbesitzer aus dem Emsland steigerte sich zu der Behauptung, Filme im Eis der Arktis und Filme über Kindermörder nehme das Publikum nicht an. Ich erinnerte ihn an den Erfolg von Fritz Langs *M* und an *Nanuk der Eskimo*, den ersten Film, den ich als Kind gesehen und nie vergessen habe. Der Verleih ließ sich nicht beirren, so schien es. Der Film bekam gute Starttermine. Während ich als Mitglied der Jury am ersten Filmfestival in Kairo teilnahm, ließ ein Kinobesitzer in Hannover den Film an einem Abend ohne Vorankündigung als Ersatz für eine nicht eingetroffene Kopie eines anderen Films in seinem Theater laufen. Nachdem die Vorstellung abgesagt worden war. Das Kino blieb leer, natürlich. Der Theaterbesitzerverband wurde informiert: Erste Vorstellung, kein Besucher. Alle Termine wurden abgesagt, kein Kino spielte den Film. Das geschah, während ich in Ägypten war. Es hat mir zu denken gegeben. Ich mietete ein traditionsreiches Kino in Hamburg, bezahlte die Anzeigen in den Zeitungen und brachte den Film heraus. Er lief drei Wochen lang vor fast ausverkauftem Haus. Alle Zuschauer verließen tief bewegt das Theater. Der Film erhielt Auszeichnungen, unter anderen den Deutschen Filmpreis, den Kunstpreis der Stadt Berlin und den Silbernen Bären der Berlinale 1976 für den Hauptdarsteller.

Ich habe Verleiher von der Ware Film reden gehört, habe auch erlebt, wie Filme als Ware behandelt werden, als Produkt einer Industrie, die Ware für den Verbraucher herstellt. Heute kann das gelten für einen großen Teil dessen, was das Fernsehen uns bietet, wo Geschichten in Formate gepresst oder gedehnt werden. Ein Film, an dessen Finanzierung sich eine Fernsehanstalt beteiligt, muss kompatibel sein, heißt es. Austauschbarkeit rangiert vor dem Besonderen.

Aber Film ist Kunst. Und Kunst lebt vom Besonderen. Jeder Film ist ein Kunstwerk, ein gutes oder ein schlechtes. Verbindung verschiedener Künste zu einem Ganzen, das mit Hilfe der Technik vervielfältigt wird wie ein Buch. Es ist gestritten worden, wie viele Kopien eines Films mindestens hergestellt worden sein müssen, um ihn für einen Preis zu qualifizieren. Eine einzige Kopie genügt, wie ein einziges Exemplar eines Buches, wie das Original eines Gemäldes, um das Kunstwerk beurteilen zu können. Natürlich stand bei jedem meiner Filme am Beginn der Arbeit die Hoffnung, ein großes Publikum zu erreichen. Doch ohne Einsatz eines Verleihs, ohne Werbung, die Geld kostet, steht man auf verlorenem Posten.

*

Keiner meiner Kinofilme ist im Auftrag eines Verleihers oder einer Fernsehanstalt entstanden. So mussten meine Honorare Teil der Finanzierung sein, das heißt, ich konnte die eigene Arbeit nicht bezahlen. Als ich nach dem ersten Film, wieder einmal in Geldnot, darüber nachdachte, wie meine Unabhängigkeit zu bewahren sei, kam mir ein Zufall zu Hilfe. Ein angesehener Produzent war plötzlich gestorben und ich wurde gefragt, ob ich bereit sei, sein Unternehmen zu führen. Es handelte sich um eine Produktionsgesellschaft, die ausschließlich für das Fernsehen produziert. Ich trat ein in das Unternehmen, übernahm die Geschäftsführung und konnte mich für meine Arbeit bezahlen lassen. So wurde es möglich, den einen oder anderen Kinofilm ohne Honorar zu produzieren. Ein Freund, dessen erstes Theaterstück ich in meinem Ensemble-Theater uraufgeführt hatte, schrieb mir zwei bittere Komödien, für die ich Stars gewinnen konnte, die ihre Glanzzeit hinter sich hatten und die sich wohl fühlen wollten in der Wärme einer Gemeinschaft, wo sie nicht Stars sondern Mensch unter Menschen waren. Ihre Namen hatten noch guten Klang, ich konnte eine Fernsehanstalt als Partner gewinnen, mit hohen Finanzierungsbeiträgen.

*

Er wendet sich der Regalwand zu, wo auf jedem Ordner derselbe Titel steht. Der Film, der nicht zustande kam. Arbeit und Inhalt der letzten zwanzig Jahre. Sein Scheitern. *Die vierzig Tage des Musa Dagh*. Franz Werfels Roman über den Völkermord an den Armeniern im Jahr 1915.

Im trüben Licht spürt er Staub in der Nase. Er macht das Fenster auf. Ein Luftzug wirbelt trockene Lindenblätter in den Raum. Er denkt an die schöne, große Wohnung über sich im ersten Stock des Hauses. Er hat sie vierzig Jahre bewohnt, lange Zeit mit der Familie, seine Kinder sind hier aufgewachsen. Später war die Wohnung sein Produktionsbüro. Auch in den zwanzig Jahren, als dieser Film sein großes Ziel war. Alles, was er als Produzent verdiente, seine Honorare als Regisseur, gab er aus für diesen einen Film. Für die Verfilmungsrechte, für Reisen nach Los Angeles und nach New York, für die Suche nach Schauplätzen, die jenen gleichen, an denen der Völkermord stattgefunden hat. Im Osmanischen Reich, in den Teilen des Landes, die von Armeniern bewohnt waren. Auf dem Gebiet der heutigen Türkei. Dort wurden 1915 eineinhalb Millionen Armenier in den Tod getrieben, gefoltert, ermordet, ertränkt. Eine Minderheit im Reich der Osmanen. Vernichtet wie einige Jahrzehnte später die Minderheit der Juden im Dritten Reich. Noch heute gilt in der Türkei, was Mustafa Kemal, der große Atatürk, der Gründer des Staates, einst verfügte: Es gab ihn nicht, den Völkermord. Kemal hatte als General für sein Vaterland gekämpft und den Völkermord an den Armeniern eine Schande genannt.

Doch als er erster Präsident der Türkei wurde, brauchte er für den jungen Staat auch jene, die im untergegangenen Osmanenreich in das Verbrechen verwickelt gewesen waren. Wie nach 1945 in Deutschland Lehrer, Richter, Beamte, Offiziere gebraucht wurden, obwohl sie willfährig und gehorsam dem Dritten Reich gedient hatten.

Es hat ihn gegeben, den Völkermord an den Armeniern. Wie den Völkermord an den Juden. Wie auch in den Jahrzehnten davor Pogrome gegen Juden in Polen und Russland, gegen Armenier im Osmanischen Reich. Dann gab es die Balkankriege und Rache der Bulgaren, Serben, Albaner, als sie sich vom Staatsvolk der Türken befreiten.

Und wieder waren Hass und Neid der Antrieb, eine Minderheit zu verfolgen.

Franz Werfel sah in Teppichknüpfereien in Damaskus Halbwüchsige, die 1915 als Säuglinge von mitleidigen Syrern von der Straße aufgelesen, sterbenden Müttern abgenommen worden waren. Ergriffen von dem Schicksal dieser Kinder suchte Werfel weiter in Aleppo und Antakya, folgte den Spuren der Vernichtung des armenischen Volkes und bestieg den Musa Dagh, den Mosesberg. Dorthin waren ein paar Tausend Bauern aus ihren Dörfern geflüchtet und hatten sich verteidigt. Wie durch ein Wunder waren sie gerettet worden. Werfel beschreibt diesen Todeskampf. Den Mann, der ihn anführte hat er erfunden. Er gab ihm den Namen Gabriel Bagradian.

Der Roman wurde ein Welterfolg, in viele Sprachen übersetzt. Im Dritten Reich war er verboten, wie andere Werke, die aufklärend hätten sein können. Metro Goldwyn Mayer kaufte die Verfilmungsrechte und beauftragte einen seiner Produzenten mit der Durchführung der Produktion. Der ließ das Drehbuch entwickeln und schickte es dem Türkischen Botschafter nach Washington mit der Frage, ob von Seiten der Türkei dagegen etwas einzuwenden sei. Die Antwort des Botschafters war eine Drohung. Wenn dieser Film zustande käme, würde kein Film aus den Vereinigten Staaten mehr in der Türkei gezeigt werden. Die Drohung hat gewirkt. Washington empfahl dem Studio, auf die Produktion des Films zu verzichten.

Man folgte der Empfehlung.

In einer Schicht unterhalb bewussten Erinnerns war vielleicht die versäumte Fahnenflucht, die Scham, dem Verbrecherstaat Hitlers gedient zu haben das Motiv, diesen Film machen zu wollen.

Der erste Schritt in das große Abenteuer stand unter einem guten Stern. Ich bewarb mich um die Verfilmungsrechte. Die waren frei geworden, da fast fünf Jahrzehnte von Metro Goldwyn Mayer nicht genutzt.

Jedoch es gab Konkurrenten. Zwei mächtige Produzenten in Deutschland. Es ging darum, wer den hohen Preis zu zahlen bereit war. Die beiden Mitbewerber setzten auf Verzögern, kommen lassen. Doch auch der Verlag hatte keine Eile. Da sah ich meine Chance. Ich legte ein Konzept vor, das dem Stoff entsprach. Und ich war bereit, den hohen Preis zu zahlen. Ich überzeugte und es kam zum Vertragsabschluss. Die Erben Franz Werfels freuten sich und ich plante den nächsten Schritt. Noch ahnte ich nicht, was mir bevorstand.

Ohne Beteiligung aus dem Ausland konnte der Film nicht finanziert werden, das war mir bewusst. Mir war auch bekannt, warum

Ende der Dreißigerjahre MGM darauf verzichtet hatte, den Film zu produzieren. Inzwischen ist die Türkei für die USA noch wichtiger geworden. Im Osten NATO-Partner in strategisch bedeutender Position. Und immer noch gilt das Wort des Staatsgründers.

Es gab Warnungen, ob ich mich mit diesem Vorhaben nicht übernehmen könnte. Doch ich hatte im Jahr 1989 fünfzehn glückliche Jahre als Produzent hinter mir, ich hatte viel riskiert und durchgesetzt und wichtige, bleibende Erfahrungen gemacht. Ich ließ mich nicht beirren.

Europäische Regisseure waren schon in den Zwanzigerjahren nach Amerika gegangen. Später waren andere dorthin emigriert, weil sie als Juden in Deutschland und in den besetzten Ländern keine Zukunft gehabt hätten. Einige von ihnen konnten in Amerika Fuß fassen. Sie machten Filme nach Drehbüchern amerikanischer Autoren. Also war mein erster Schritt eine Reise nach Los Angeles, um Drehbuchautoren kennen zu lernen.

Was wusste ich über Hollywood? In den Fünfzigern und Sechzigern hatte ich für MGM und später für Paramount die deutschen Fassungen großer Filme gemacht, Dialoge geschrieben und die Sprachaufnahmen geleitet. Durch gründliche Arbeit mit den besten Schauspielern und gute Ergebnisse erwarb ich mir Anerkennung. Bald konnte ich mir die Filme aussuchen, die ich bearbeitete.

Vielleicht hat all das dazu beigetragen, mich so zuversichtlich in die Höhle des Löwen zu wagen.

Schon einmal war ich in Amerika gewesen, hatte für eine der großen deutschen Fernsehanstalten drei Filme über die Geschichte des Amerikanischen Musicals gemacht. Ich war einigen der bedeutenden Komponisten und Librettoschreibern begegnet, hatte sie interviewt. Im Studio hatte ich Szenen aus berühmten Musicals inszeniert. Das hatte mit dem, was Hollywood ausmacht, nichts zu tun. Ich tauchte ein in diesen seltsamen Biotop, zuerst nur in seine Oberfläche, die wie eine lächelnde Lüge Tiefe und Untiefen verbirgt. Eine neue Welt. Fremd. Alles, was meine Arbeit bisher beeinflusst hatte, war europäischen Ursprungs. Filme von Dreyer, Renoir, de Sica, Buñuel, Chaplin, Cayatte, Polanski.

Auch Sergio Leone's grandioser Film *Es war einmal in Amerika* ist mehr gewesen als ein Gangsterfilm, bevor sein amerikanischer Produzent ihn verstümmelte.

Nun landete ich dort, wohin es so viele gezogen hatte, wo so viele gestrandet waren, wo – wie mir ein arbeitsloser russischer Regisseur sagte – die Obdachlosen unter den Brücken mehr vom Film verstehen, als die großen Studiobosse. Ich wurde eingeladen zu einem Empfang der größten Künstleragentur Hollywoods. Ich wurde einigen bekannten Hollywoodstars vorgestellt, die mir liebenswürdig entgegenkamen, meine Hand wurde von vielen geschüttelt und ich wurde bewundert, weil ich diesen bedeutenden Stoff, dieses wunderbare Buch zu verfilmen beabsichtigte. Im Gespräch über die Familientragödie vor dem Hintergrund des Völkermords blickte ich in feuchte Augen und spürte manchen aufmunternden Händedruck. Der Präsident der Agentur versicherte mir, alles in seiner Macht stehende zu tun, um mir Partner und eine dem Stoff angemessene Besetzung der Rollen zu vermitteln. Er würde mir einige erfolgreiche Drehbuchautoren empfehlen, durch deren Mitwirkung die Finanzierung des Films so gut wie sicher wäre.

Gesegnet mit einer gesunden Skepsis lief ich nicht Gefahr, nach all diesen so warmherzigen Bekundungen in einen Glückstaumel zu fallen. Ich suchte mein Hotel auf und ging an die Arbeit. Ich hatte Namen und Adressen. Eine Mitarbeiterin der Agentur, die ich aus Deutschland kannte, nahm sich meiner an, und ich lernte einige Drehbuchautoren kennen, deren Filme ich gesehen hatte. Wertvolle Begegnungen, gute Gespräche. Den Roman von Werfel kannten sie alle. Ich erfuhr, dass David Selznick damals mehr als zwanzig Versionen des Drehbuchs hatte schreiben lassen. Später versuchte ich, diesen Manuskripten auf die Spur zu kommen. Sie waren in keinem Archiv zu finden.

So interessant und angenehm die Gespräche mit den Autoren Hollywoods auch waren, die geforderten Honorare überstiegen weit das, was im Rahmen meines Budgets möglich gewesen wäre. Auf Empfehlung eines New Yorker Agenten lernte ich zwei Autoren kennen. Ein Ehepaar, er Engländer, sie Amerikanerin, mit denen der Gedankenaustausch über das Vorhaben fruchtbar war. Ihre Honorarforderung schien erfüllbar zu sein. In New York traf ich ihren Agenten. 1934 hatte er Deutschland verlassen. Er vertrat einige der größten Stars von Hollywood, Regisseure und Drehbuchautoren. Verträge machte er mit Handschlag. Ein liebenswerter, kluger, witziger Mann. Verkörperung deutsch–jüdischer Kultur. Verkörperung all dessen, was Deutschland verlor, als es sich dem mörderischen Größenwahn hingab. Wir besprachen die Bedingungen der Zusammenarbeit und ich beauftragte die beiden Autoren, ein Drehbuch zu entwickeln. Ich konnte mit einem guten Gefühl zurückfliegen. Der erste Schritt war getan.

In den Jahren, die diesem ersten Schritt folgten, musste Geld verdient werden, um die Vorkosten, die Reisen, den Aufenthalt in New York und Los Angeles bezahlen zu können. Die Fernsehproduktion brachte Gewinne. Ich machte drei Kinofilme, die seit Jahren geplant waren und die mit Hilfe des Fernsehens und staatlicher Förderung finanziert werden konnten. Wenn ich Zeit hatte, flog ich nach Amerika, um mit den Autoren zu arbeiten. Mir war klar geworden, dass ich nicht nur international bekannte Schauspieler für die Hauptrollen des Films gewinnen musste.

Auch der Regisseur sollte international bekannt und renommiert sein, um eine Teilfinanzierung aus Amerika zu gewährleisten. Also kam ich nicht infrage. Ich lernte amerikanische Regisseure kennen, sah ihre letzten Filme und geriet in Schwierigkeiten. Mein Bild des Films, den ich machen wollte, hatte inzwischen Konturen angenommen. Jedoch passte meine Vorstellung nicht in ein Hollywoodmuster.

Drei der mir vertrauten, mit einem Oscar gekrönten europäischen Regisseure lehnten mit freundlichem Bedauern ab. Ich kam nicht auf die Idee, es könne über dem Projekt ein schlechtes Omen liegen, denn mit den Drehbuchautoren verstand ich mich. Sie arbeiteten mit akribischer Genauigkeit an den Dialogen und es gelang ihnen, die ausschweifende Handlung des Romans zu bändigen. Dennoch bekam das Drehbuch einen Umfang, der mein Budget zu sprengen drohte. Inzwischen hatte ich gute, prominente Schauspieler für fast alle Rollen interessieren können.

In der Hauptrolle, in Gabriel Bagradian, sah die Künstleragentur einige Weltstars, die aus meiner Sicht mit dem armenischen Intellektuellen überhaupt nichts zu tun hatten. Ich nahm Verbindung auf zu einem Schauspieler, der mir die ideale Besetzung zu sein schien. Sein Agent machte mir keine Hoffnung.

Der Schauspieler befände sich in einer Krise, wolle seinen Beruf aufgeben, suche einen Ort in der Toskana, um sich als Schuhmacher auszuprobieren. Auch jetzt kam ich nicht auf die Idee, ein schlechtes Omen über dem Projekt zu sehen. Statt innezuhalten und mich zu besinnen, ging ich auf Motivsuche. Die Originalschauplätze in der heutigen Türkei kamen nicht in Frage. Aber es gab ähnliche Landschaften auf dem Balkan, in Bulgarien, in Nordafrika, in Spanien. Ich flog, ich fuhr, ich wanderte, und meine Gedanken waren bei den Autoren und bei Gabriel.

Ich gab Geld aus und kein Zweifel am Gelingen meiner Arbeit beschlich mich. Ich verhielt mich nicht anders als bei all meinen Arbeiten in Deutschland. Ich handelte, wehrte ab, was mich hätte hindern können. Längst gab ich mehr Geld aus, als ich an Honoraren verdient hatte. Einige Rechnungen wurden nur noch mit großer Verspätung bezahlt.

Da ich immer pünktlich und korrekt gewesen war, gaben meine Gläubiger mir großzügig lange Fristen. Später fing ich an abzutreten, was mir selbst aus dem Projekt *Musa Dagh* an Honorar zustand. Ich verkaufte das alte Haus in Südfrankreich. Vor vielen Jahren, als einer meiner Filme erfolgreich gewesen war, hatte ich es erworben. Es liegt auf einem Hügel über dem Dorf. Eine große Wiese gehört dazu, mit Maulbeerbäumen. Vor dreihundert Jahren hatten hier Seidenspinner gelebt. Man geht unter Steineichen den Berg hinauf. Auch ein Teil des Berges gehört zum Besitz mit einer eigenen Quelle, die reinstes Wasser spendet. In dem Haus und auf einer der Terrassen hatte ich einige meiner Drehbücher geschrieben. Nach dem Garten meiner Jugend und dem Bauernhof fand ich dort die beglückende Nähe der Natur. Ich opferte dieses Haus dem Film, der mich gefangen hielt.

Auf dem Gebiet der heutigen Türkei, wo ich nicht hätte drehen können, und in der syrischen Wüste, hatte sich der Untergang der armenischen Minderheit abgespielt. Ich flog nach Syrien und fuhr zwei Wochen lang durch das Land. Ich sah Spuren der römischen und byzantinischen Vergangenheit. Ich sah die riesigen Wasserräder in Hama und die Zerstörungen, die das Assad-Regime angerichtet hatte, als das Volk sich auflehnte gegen die eiserne Faust, die es geduckt hielt. Ich fand in Aleppo alle Schauplätze, die für die Szenen in Istanbul dienen konnten.

Ich hatte meinen Kameramann gebeten, mich zu begleiten, um in Fotos festzuhalten, was der Vorbereitung der Dreharbeiten nützlich sein würde. Mit ihm hatte ich fast alle meine Filme gemacht, er war zu meinem wichtigsten Mitarbeiter und zum Freund geworden.

Es hatte sich eine Art Zusammenarbeit entwickelt, die fast ohne Erörterung gestalterischer Fragen auskam.

Meine Vorstellung des Menschen im Raum und die sich daraus ergebenden szenischen Bedingungen entsprachen dem, was er an Bildern schaffen wollte. Wir stimmten so vollkommen überein, dass die Schauspieler sich frei entfalten konnten. Die beiden letzten gemeinsamen Filme waren denen gewidmet, die als Vertriebene oder Flüchtlinge mit ihrer Sehnsucht nach der Heimat im Ausland leben mussten.

Dankbar erinnere ich mich an die Arbeit mit ihm. Uns verband Respekt und Mitgefühl für Außenseiter und Verlierer. So sind diese letzten gemeinsamen Filme zum Abschiedsbild dieses Freundes geworden. Er starb, bevor ich ahnen konnte, was aus dem großen Traum werden würde. Nirgends hatte ich den Musa Dagh meines Films gefunden. Nur von fern hatte ich den wahren Musa Dagh jenseits der syrischen Grenze im Morgendunst gesehen. Ich flog nach Armenien, einst kleiner Bestandteil des großen Reiches. Dort gab es ein heruntergekommenes Filmstudio, in dem schon lange kein Film mehr produziert worden war. Man fuhr mich durchs Land und ich fand fast alle Schauplätze für meine Geschichte. Ich entdeckte die Ruinen eines von den Türken zerstörten Dorfes, das in seiner Struktur ganz dem wichtigsten Schauplatz des

Films entsprach. Ein Freund in Deutschland sah sich die Fotos der Ruinen an und zeichnete das Dorf wie es hätte gewesen sein können. Die Villa Bagradians war nicht weit entfernt und ich fand eine in den Fels gebaute Kirche, die jener entsprach, in der das erste Massaker stattgefunden hatte. Schroffe Abhänge, Schluchten, ein zerklüftetes Plateau, zwei verborgene Pfade, Schauplätze aus denen sich der Musa Dagh zusammensetzen ließ.

Ich stellte mir vor, wie Gabriel hier aufwärts steigen würde, um sein Verteidigungssystem zu entwerfen, wie die Bauern mit ihrer Habe und den Schafen zum Plateau ziehen würden, wo das Lager mit Hütten und Zelten entstehen sollte. Auch das Lager, wie es aussehen würde, zeichnete der Freund in Deutschland. Ich lernte einige Armenier kennen. Am Sevansee luden sie mich zum gemeinsamen Fisch essen ein. Ein Bienenzüchter nahe des Ruinendorfs bot mir in Honig getauchte Walnüsse, dazu einen Wodka an. Ich sah alte, schwarz gekleidete Frauen Fladenbrot backen, indem sie den plattgewalzten Teig an die Wände einer Grube klatschten, in deren Grund ein Feuer glühte.

Ich erlebte, dass die Ärmsten bereit sind, mit dem Fremden das wenige zu teilen, das sie besitzen. Im ganzen Land begegnete mir Anerkennung und Dankbarkeit dafür, dass ich den Film über das Schicksal ihrer Vorfahren machen wollte. Die Botschafterin

Armeniens in Berlin begleitete mich in ihr Land, öffnete mir viele Türen, machte mich mit dem Verteidigungsminister bekannt. Der versprach, seine Soldaten als Komparsen zur Verfügung zu stellen. Ob sie bereit wären, türkische Uniformen zu tragen, fragte ich. Ja, sie werden es tun, widerwillig, sie werden sie tragen, als kämpften sie gegen die Türken. Ich durfte an einer Audienz teilnehmen, die der Katholikos, das dem römischen Papst gleichgestellte Oberhaupt der armenischen Kirche, ausländischen Besuchern gab. Er empfing mich im Anschluss an die Audienz allein. Er dankte mir, dass ich mit diesem Film an den Völkermord erinnern wollte und segnete mich dafür.

Es war nicht mein letzter Besuch Armeniens. Ich flog noch einige Male dorthin, bereiste das ganze Land. Schließlich hatte ich fast alle Schauplätze gefunden und die Gewissheit, dass der Film im Rahmen meines Budgets zu realisieren war.

Meine Reisen nach Los Angeles und New York hatten zu anderen Erkenntnissen geführt, die ich anfangs nicht ernst genug nahm.

Im Gespräch mit einer der reichsten Frauen der USA, Enkelin eines Armeniers, der als Kind nach Chicago verschlagen wurde und dort als Schnürsenkelverkäufer angefangen hatte, lernte ich zu begreifen, was ich bis dahin nicht für möglich gehalten hatte. Die alte Dame fragte, warum ich diesen Film machen wolle. Ich erklärte es ihr. Ihre Antwort war offen und eindeutig. Machen Sie ihn nicht, diesen Film. Die Armenier sind ein armes Volk, sie brauchen eine offene Grenze zur Türkei, sie brauchen den Handel. Wir unterstützen Armenien soweit wir können. Rühren Sie nicht an Vergangenes, an vernarbte Wunden. Ararat, unser heiliger Berg, gehört uns nicht mehr. Aber wir können ihn sehen, jenseits der Grenze. Wenn die offen ist, können wir ihn wandernd erreichen. Zum ersten Mal begann ich nachzudenken. Der Weg nach Hollywood hatte mich nicht weitergebracht. Geld und Zeit waren verschwendet worden. Ich war wie so viele vor mir in die Falle getappt. In den saugenden Biotop Hollywood.

*

Für ihn, der da vor den Regalen sitzt, sind das bittere Erinnerungen. Er denkt an den Produzenten in Hollywood, einen Armenier, erfolgreich und anerkannt. An den Vertrag, den sie unterschrieben und den der andere nicht einhielt. Nur ein Papier, das nichts wert war. Er denkt an den anderen Produzenten, einst Präsident eines der großen Studios, der sich beteiligen wollte, ihm einen Raum mit Telefon in seinem Bürogebäude zur Verfügung stellte und versprach, den Verleih des Films in den USA zu sichern. Seine Haltung und seine Bekundungen wirkten aufrichtig. Der begabteste Schauspieler hätte nicht überzeugender sein können. Und doch war alles nur Spiel. Verlorene Zeit. Im Nachhinein begriff er, dass er nur Kugel unter Kugeln war, mit denen man spielt, solange es sich zu lohnen scheint, bis man sie fallen lässt.

Er hatte verstanden und Entscheidungen getroffen. Sein Ringen um diesen Film ging in das fünfzehnte Jahr. Er zahlte den Autoren die fällige Rate und begann, an einer eigenen Fassung des Drehbuchs zu arbeiten. Weniger ausschweifend, keinem Hollywoodmuster angepasst. Auf der Linie der Filme, die er bisher gemacht hatte.

Er denkt an die Tochter, die sein Buch übersetzen würde. Sie hatte ihre Wohnung in New York aufgegeben, um für ihn und den Film in Hollywood zu arbeiten. Sie würde ihn vertreten, die Verbindungen aufrechterhalten, damit er in Deutschland das Geld verdienen konnte, das der Film verschlang. Er denkt an den Sohn, der von Kind auf zuerst als der zehnjährige Adolf Petersen und später in allen wichtigen Funktionen an seinen Filmen mitgearbeitet hatte. Er war zu einem der besten deutschen Regisseure geworden, unabhängig, unbestechlich und geachtet. Ihm würde er sein Drehbuch in die Hand geben und ihn fragen, ob er den Film machen will.

Immer noch wollte, konnte er nicht aufgeben, nicht wahrhaben, was er längst hätte erkennen müssen. Der Mantel war zu groß gewesen, den er sich hatte anziehen wollen. Noch ein letztes Mal war er in Armenien, am Jahrestag der Unabhängigkeit nach Auflösung der Sowjetunion. Er wohnte wie immer in dem Hotel am großen Platz im Zentrum von Eriwan.

Viele Armenier waren gekommen, um zu feiern. Er hatte Verabredungen, traf sich mit einigen, aus Amerika, Deutschland und Frankreich. Visitenkarten wurden ausgetauscht. Wie immer wurde ihm versichert, wie wichtig dieser Film sei. Sein dankbares Lächeln, dass Schütteln der Hände fiel ihm inzwischen schwer. Ein Armenier aus Los Angeles, den er dort vor Jahren kennen gelernt hatte, näherte sich dem Platz vor dem Hotel, wo er mit anderen saß, im Gespräch über den Film, den sie alle sich so sehr wünschten.

Alle kannten sie den Mann. Reden Sie mit ihm, er hat die besten Verbindungen. Da konnte er der Lockung eines großen Auftritts nicht widerstehen. Er winkte dem Mann, erhob sich und sagte laut, hörbar für alle, die an den Tischen saßen: Ein ehrenwerter Mann, ich kenne ihn. Ich habe lange mit ihm über Musa Dagh geredet. Er ist der einzige, der mir die Wahrheit gesagt hat. Und für ein paar Sekunden genoss er die Spannung, die jetzt entstand. Der Mann war stehen geblieben und hörte, was er damals gesagt hatte: Sie werden nie von einem Armenier auch nur einen Dollar für diesen Film bekommen.

Das Erröten im Gesicht dieses Mannes und die schamhafte Betroffenheit der anderen, die da an den Tischen saßen, sind ein Erlebnis, an das er sich gern erinnert. Seltsam, wie ein solcher Auftritt, eine solche Demonstration im Dienst der Wahrheit glücklich machen kann. Er lächelt über sich selbst. Und lächeln zu können bedeutet mehr als der Staub, der über allem liegt. Auch über jenem Jahr, als er ein Angebot erhielt, von Metro Goldwyn Mayer. Ein Angebot, das er verdrängt hatte.

Man bot ihm eine kleine Summe für die Verfilmungsrechte, über die er damals seit einigen Jahren verfügte. Er hatte abgelehnt. Die Summe wurde erhöht, bis sie fast dem entsprach, was er bis dahin investiert hatte. MGM wolle die Rechte haben für einen Star, dem ein großer Film geschuldet war. Das Angebot erreichte ihn, bevor er sich entschlossen hatte, das Drehbuch selbst zu schreiben. Jedoch sein Bild von Gabriel war längst scharf umrissen. Gabriel, ein Armenier aus Paris, Philosoph, Archäologe, ein Nicht-Krieger, der sich in einen Kämpfer verwandelt. Zuerst zögernd, dann entschieden. Ein Mann, der töten lernt mit Bedacht, der in der Verteidigung seines Volkes gegen die mordenden Horden sich selbst findet. Der sich seiner höheren Pflicht bewusst wird und so alles, was ihm lieb ist, verliert. Das ist Franz Werfels Gabriel. In seinem Drehbuch hatte er ihn weiterentwickelt. Er hatte sich an seine eigene höhere Pflicht erinnert, der er nicht gefolgt war, als er die Fahne hätte verlassen können.

Das Angebot von MGM öffnete ihm die Möglichkeit, seine Schulden zu bezahlen. Er hätte es annehmen, zumindest hätte er seine Gläubiger fragen müssen. Er wäre es ihnen schuldig gewesen. Er informierte sie nicht. Er fragte nicht. Er lehnte ab.

*

Was ging in mir vor. Was war es, das mich so handeln ließ, was dachte ich. Dachte ich überhaupt, gefangen in dem Glauben an das große Projekt. Es war unverantwortlich, das Angebot nicht anzunehmen. Stünde ich vor Gericht, wie würde ich mich rechtfertigen? Noch sah ich das Scheitern nicht voraus und Aufgeben wäre Niederlage mitten im Kampf gewesen. Außerdem war der Schauspieler, dem MGM einen Film schuldete völlig ungeeignet für die Rolle. Jedenfalls aus meiner Sicht. Ich war Gefangener einer Vision, die weit hinaus ging über das, was dieser Film hätte sein können. Es war die Schande, die mein Lehrer gemeint hatte, als das deutsche Volk seine Ehre verlor. Als es in der Nacht vom neunten auf den zehnten November 1938 nicht aufstand, um die wehrlosen Mitbürger zu schützen. Hier stand einer auf.

Gabriel nahm den Kampf auf gegen die Macht, die sein Volk vernichten wollte und er rettete Tausende, die sich ihm anvertrauten.

In meinen Gedanken wäre es Verrat gewesen, das Angebot anzunehmen. Verrat an Gabriel. Verrat an der Idee dieses Films. Ein Gabriel, in dem man von Anfang an den Rambo erkennt, hätte keine Entwicklung gehabt. Und Gabriels Entwicklung war der Kern des Films. Sie trieb die Handlung voran, aus ihr ergab sich die Rettung der Menschen und die eigene Tragödie. Dies ist keine Rechtfertigung. Es kann keine Rechtfertigung sein. Es ist die Beschreibung des Zustands, in dem ich mich befand. Ich war einem Impuls gefolgt und hatte gehandelt. Aber ich konnte mein Handeln nicht verantworten. Ich war in eine Falle getappt und in ihr gefangen wie der Schauspieler, wenn er sich in seiner Rolle verliert und vergisst, was er seiner Kunst schuldet. Ich hatte versagt. Als Produzent hatte ich versagt. Eine Last, die ich tragen muss.

*

Immer noch hat er keinen der Aktenordner in die Hand genommen. Es ist die Abrechnung mit sich selbst, die ihn nicht loslässt. Oben auf dem Regal steht die *Goldene Lola*, Ehrenpreis für sein Lebenswerk. Einige junge Regisseure hatten mit seiner Hilfe ihren ersten Film machen können. Auch das war mit dem Preis gewürdigt worden. Nun steht der Ehrenpreis über dem Film, mit dem er gescheitert ist. Er erinnert sich an seine Dankesrede.

Er hatte gesagt: Sieger und Gewinner haben mich nie besonders interessiert, die Geschichten der Verlierer fand ich bewegender. Ich wollte unser Publikum für sie gewinnen. Es sollte sich in ihnen erkennen, sich mit ihnen verbunden fühlen und daraus Kraft schöpfen. Es sollte erkennen, dass wir alle Verlierer sind, gemessen an der höheren Pflicht, an der höheren Ehre. Und er hatte gesagt, ich glaube, ohne soziales Gewissen und ohne Trauer über die Unvollkommenheit unserer Gesellschaft gibt es keine wahre Filmkultur. Jetzt ist er selbst Verlierer. So schließt sich der Kreis. Und er denkt an den größten aller Verlierer und wie Albert Camus ihn beschreibt: Wir müssen uns Sisyphos als einen glücklichen Menschen vorstellen. Er hat die tiefe Wahrheit dieses Satzes erkannt. Noch einmal geht er den Weg zurück und beginnt von vorn. Die ersten Berliner Jahre nach dem Krieg, als das Kino ihn in seinen Bann zog. Er denkt an die Filme, die er damals sah. Filme aus Italien, Frankreich, England und Schweden, die eine Blütezeit der europäischen Filmkultur ankündigten. Zur gleichen Zeit versank die deutsche Filmproduktion in einen erbarmungswerten Zustand. Verleiher und Kinobesitzer waren bemüht, dem Bedürfnis des Publikums zu dienen, sich an Verdrängtes nicht erinnern zu müssen. Das Wirtschaftswunder erzeugte ein Wohlgefühl, wie es andere Völker nur ahnten. Der Deutsche konnte die wärmende

Sicherheit einer Bevorzugung genießen wie er als Volksgenosse die vermeintliche Sicherheit in den Armen der Diktatur genossen hatte. Was in der Zwischenzeit geschehen war, wurde aus der Erinnerung wie ein böser Traum verscheucht.

Damals, unter dem Eindruck des Versagens der Väter und Großväter, fingen junge Filmemacher an, der Bedeutungslosigkeit des deutschen Films Eigenes entgegenzusetzen. Ein Kinobesitzer in Süddeutschland rief ein Festival für den Neuen Deutschen Film ins Leben. Jedes Jahr im Herbst sollten die jungen Filmemacher ihre Filme dort zeigen können.

Und er selbst? Sieben Filme hatte er gemacht und sechs dieser Filme behandelten das gleiche Thema: Schuld und Sühne. Nur einer seiner Filme war an der Kinokasse erfolgreich gewesen. Beeindruckt vom Enthusiasmus dieses süddeutschen Kinobesitzers beschloss er, eines der alten Traditionskinos in Berlin zu übernehmen und es dem Jungen Deutschen Film zu widmen. Übermut, Hybris, Torheit. Die jungen Filmemacher gingen auf dieses Angebot nicht ein. Er musste lernen, dass auch sein Begriff von Solidarität, da so tiefgreifend in der Vergangenheit missbraucht, wohl verdrängt worden war. Er scheiterte als Kinobetreiber, wenige Freunde standen ihm bei. Einer hatte versucht ihn von dem Abenteuer abzuhalten. Er hatte nicht auf ihn gehört. Zwei Freunde hatten ihm geholfen, die Verluste zu tragen. Der eine von ihnen ist noch immer da, bereit ihm beizustehen.

Nichts gelernt aus dem Scheitern, denkt er. Und dennoch, es ist ein Teil seines Lebens. Wie das andere Scheitern, die späten Lehrjahre. Noch einmal gibt er sich der Erinnerung hin. Er denkt an die Schauplätze, die er gefunden hat im kleinen Land der Armenier. Er sieht Szenen, die er in seinem Drehbuch beschrieb. Die endlosen Züge der dem Sterben Geweihten, die Verdurstenden in der Syrischen Wüste, die Erstochenen an ausgetrockneten Tümpeln, die mordenden Horden, die den Verzweifelten die letzte Habe entreißen. Er sieht Gabriel in seiner Villa am Rand des Dorfes, das drohende Unheil ahnend, dem sich sein Volk nicht entziehen kann. Soll er fliehen, Frau und Sohn retten, dem Fremden vertrauen, der den Weg aus der Gefahr kennt oder soll er bleiben und kämpfen. Er sieht die Bauern, die ihr Dorf verlassen, ihre Schafe auf den Berg treiben, mühsam den steilen Aufstieg bewältigen.

Er sieht die Hütten, die sie auf dem Plateau bauen, die Zelte. Er sieht, wie sie versteckte Waffen aus Friedhofsgräbern hervorholen, wie sie sich an frühere Kämpfe erinnern, er sieht Gabriels Sohn schießen lernen und wie der Vater es mit Sorge beobachtet. Er sieht die Kämpfe, die blutigen Schlachten um den Berg, um Leben oder Sterben. Die erste Niederlage der Angreifer, den Glückstaumel der Verteidiger, die Erschöpfung, die anderen Schlachten, die Verluste, den Brand der Hütten. Er sieht Gabriel verzweifelt und sich aufraffend aus der Erschöpfung. Wie er die Angreifer in eine Falle lockt und sie lebendig verbrennen lässt. Er sieht den Priester den Satz sprechen, den er ins Drehbuch geschrieben hat: Jetzt liegt ein Fluch über unserem Volk.

Er sieht Stephan, den Dreizehnjährigen, den sie fangen und töten. Und Gabriel, wie er den toten Sohn auf den Gipfel trägt, allein in seinem Schmerz, während die Schiffe mit den Geretteten am Horizont verschwinden.

Er denkt an den deutschen Sanitätsoffizier, der seiner Regierung über die Massaker und den Völkermord im verbündeten Osmanenreich berichtet hatte. Was mit den Armeniern geschieht, geht uns nichts an, war die Antwort gewesen. Wir brauchen die Osmanen. Deutsche Mitschuld. Er denkt an die alte Dame, die ihm abriet, den Film zu machen. Vielleicht war der Weg, den sie ihm zeigen wollte, eher geeignet, Frieden zwischen den Völkern zu erhalten.

Er weiß, dass Erinnern heilen kann, wenn man die Kraft hat anzunehmen, was geschehen ist. Aber Erinnern kann auch Wunden offenhalten. Und das war nicht seine Absicht.

Noch ein Gedanke beschäftigt ihn. Hätte ein Deutscher Produzent überhaupt das Recht, diesen Völkermord in einem Film zu behandeln, solange er nicht in seinem Herzen die Trauer entdeckt hat. Die Trauer über sein eigenes Volk, das nicht aufgestanden war gegen die Verfolgung und Ermordung der Juden, das eine Verbrecherbande hatte gewähren lassen, ohne sich zu erheben.

In den vielen Büchern, die über Hitler und seine Herrschaft geschrieben worden sind, werden seine Leistungen den Verbrechen gegenübergestellt. Manche machen den Versuch, die Verbrechen aufzurechnen gegen die Leistungen. Das geht nicht. Hitlers Verbrechen sind Verbrechen gegen die Menschheit, sie können durch nichts aufgewogen werden. Er hat mit seinen Verbrechen und dem Verrat am Deutschen Volk seine Leistungen selbst zunichte gemacht. Es fehlt ein Aspekt in den Büchern, die über Hitler geschrieben wurden. Es fehlt das Unsägliche, das grauenhaft Lächerliche. Man wagt sich nicht an diesen Aspekt, weil er so demütigend ist. Was Deutschland einbüßte, was die Deutschen als Volk verloren, ist so unermesslich, dass man nicht wahrhaben will, was sich in Fotos, in Filmaufnahmen, in Tonbändern offenbart und womit fast das ganze Volk sich blenden ließ. Ein verzerrtes Gesicht, ins Groteske gesteigerte Gebärden, herausgeschriene vulgäre Beschimpfungen seiner Gegner. Schmierentheater, hohles Pathos. Ein schlechter Schauspieler, der sich der primitivsten Ausdrucksmittel bediente. Diesem Mann hatten sich in preußischer

Tradition aufgewachsene, zu untadeliger Haltung erzogene Offiziere, Generale, Feldmarschälle und Beamte in höchster Position gebeugt. Es war sogar der Vorschlag eines Feldmarschalls gewesen, auf diesen Mann einen heiligen Eid zu leisten. Um dem greisen Präsidenten, der ihn zum Reichskanzler gemacht hatte, gefällig zu sein, ließ dieser Mann seinen besten Freund umbringen, den Freund, der die ihm ergebene Truppe SA anführte. Hitler ließ ihn umbringen, und keiner erkannte den gewissenlosen Schurken in Deutschlands neuem Reichskanzler, der *Mein Führer* genannt werden wollte. Ein Egomane, von krankhaftem Willen zur Macht getrieben, der sich und den Deutschen einredete, Werkzeug der Vorsehung zu sein. In dieser Rolle verlor er sich, glaubte allmächtig zu sein. Er verglich sich mit Preußens König Friedrich, bildete sich ein, dessen würdiger Nachfolger zu sein und war doch weiter von ihm entfernt als der Mond von der Erde. Friedrich, ein König, der nicht wie andere Herrscher Krieg aus seiner Hauptstadt führte, von den Truppen entfernt, sondern sich an die Spitze seiner Soldaten stellte, Vorbild in Mut und Tapferkeit und im Risiko, dabei sein Leben zu lassen.

Der deutsche Führer dagegen saß in Bunkern, hatte Angst vor jedem Besucher, der ihn töten könnte, der von der Leibwache auf Waffen durchsucht wurde. Und am Ende, als er Deutschland in den Abgrund geführt hatte, war er ein geiferndes Bündel aus Hass, Rachsucht und Selbstvergötterung, das nur noch Speichellecker um sich duldete.

Und immer noch gehorchten die Generale und Feldmarschälle, immer noch griffen sie nicht ein, sahen mit an, wie Millionen ermordet wurden, in der Tiefe des Bunkers Armeen hin und her geschoben wurden, die es gar nicht mehr gab. Keiner wurde sich der höheren Pflicht bewusst, das eigene Volk vor der Vernichtung zu bewahren.

Keiner erschlug den Massenmörder wie einen tollwütigen Hund mit dem nächsten greifbaren Gegenstand. Keiner folgte diesem Impuls, den doch einige gespürt haben müssen. So wurden in den letzten Monaten mehr Menschen geopfert, als in den fünf Kriegsjahren zuvor. Und es glaubten die Deutschen, dieser Mensch sei ihr Erlöser. Städte sanken in Schutt und Asche. Geopfert wurden Väter, Söhne und Kinder in Kämpfen, die längst hätten beendet werden müssen. Was die Deutschen nicht wissen konnten: Stalin, Churchill und Roosevelt hätten die Bombenlast eines Tages, die für deutsche Städte und ihre Bevölkerung bestimmt war, nach Ostpreußen lenken können, um die kleine Festung, in der der Diktator sich verkrochen hatte, dem Erdboden gleich zu machen. Doch während Tag und Nacht unschuldige Menschen in den Trümmern ihrer

Städte starben, blieb ihres Führers Wolfsschanze von Angriffen verschont. Er war der Verbündete seiner Feinde geworden. Sie brauchten ihn. Sie hatten die deutschen Armeen kennen gelernt. Die Siege der deutschen Heerführer und ihrer Armeen waren das Ergebnis militärischer Überlegenheit gewesen. Inzwischen hielt der Diktator sich für den größten Feldherrn aller Zeiten, entließ einen der Heerführer nach dem anderen. Jetzt führte er selbst. Jetzt wollte er sein Volk untergehen sehen. Es hatte sich seiner nicht würdig erwiesen. Götterdämmerung. Höchste Befriedigung eines Größenwahnsinnigen. Posthum hat dieser Massenmörder eine andere Befriedigung erfahren. Über keinen Deutschen ist so viel geschrieben worden. Und das Unsägliche, das grauenhaft Lächerliche haben sie fast alle gemieden.

Deutschland hätte den Krieg nicht gewinnen können. Das wissen wir. Die Übermacht der Gegner war zu groß. Auch die Feldmarschälle und Generale wussten es. Der Krieg hätte beendet werden können, als noch kein feindlicher Soldat auf deutschem Boden stand. Als deutsche Städte noch nicht zerstört waren. Als Millionen Menschen noch nicht ermordet, hingerichtet, gefallen waren. Generale und Feldmarschälle hätten ihre höhere Pflicht, die dem deutschen Volk geschuldete, erkennen und handeln müssen.

Es lohnt sich die Vorstellung, dass Hitler seinen Krieg gewonnen hätte. Europa sähe anders aus. In der Mitte ein aufgeblasenes Reich, das sein Führer Germanien nennt. Herrschend eine Verbrecherbande, die über Tod und Leben frei entscheiden darf. An den Rändern des Reiches Völker, zu Untermenschen oder Sklaven degradiert. Und Feldmarschälle, Reichsmarschälle, Weltmarschälle, beschenkt mit Orden, Geld und Gütern, gehorchend, devot salutierend. Wir können dankbar sein, dass diese Vision mit dem Verderber des deutschen Volkes unterging.

*

Da sitzt er im Keller, auf seinem alten Bürostuhl. Durchs offene Fenster Straßengeräusche, entfernt ein Martinshorn.

Was bleibt?

Genugtuung, nie aufgegeben zu haben?

Immer gegen den Strom geschwommen zu sein?

Er lächelt. Der Weg zu den Quellen geht gegen den Strom.

Also, was bleibt? Abkehr von Selbstüberschätzung? Hybris begriffen?

Es bleibt das Wort *Schande*.

Absurd, dass nach zwölf Jahren Drittes Reich Deutschland heute

Europa dominiert und anderen Ländern den Tritt vorgibt. Trotz Einfallslosigkeit der Politik. Wegen wachsender Wirtschaftskraft. Absurd, dass Deutschland heute drittgrößter Waffenlieferant der

Welt ist, dass ein deutscher Verteidigungsminister behaupten kann, Deutschlands Freiheit werde am Hindukusch verteidigt, sich nicht erinnernd, dass Indien eins von Hitlers Zielen war. Absurd oder nicht absurd, dass das Ausmaß der Verbrechen Hitlers dem Ausmaß der Verdrängung aus dem Bewusstsein des Volkes entspricht und der schnelle Wiederaufbau wie der wachsende Wohlstand willkommene Ablenkung wurden. So gab es nicht Raum zu trauern. Und die spät verordnete Trauer, das riesige Stelenfeld in der Mitte Berlins, konnte nicht angenommen werden.

Eher kann der durch die Stadt wandernde eine Spur von Trauer in sich entdecken, wenn er stehenbleibt vor der kleinen Messingplatte im Bürgersteig, die man Stolperstein nennt. Wenn er liest, was auf ihr steht. Ein jüdischer Name, ein Geburtsdatum, Tag der Deportation, Tod in Auschwitz. Wenn seine Phantasie ihn erleben lässt, wie der, dessen Namen er gerade gelesen hat, aus seiner Wohnung geschleppt wird und wie die Nachbarn sich abwenden, die Tür hinter sich schließen und nicht gewagt haben, sich einzumischen. Wüchse aus dieser Spur eine große, vitale Trauer, so stark wie Sehnsucht, Hoffnung, Liebe sein kann, könnte sie Nährboden werden für eine gewandelte deutsche Kultur, für einen Quell gesunder Kreativität, für ein neues soziales Gewissen, gegen die Kluft zwischen Arm und Reich, gegen Gier nach immer mehr.

Diese Trauer wäre glückverheißend. Sie könnte helfen, den tiefen Riss durch die deutsche Kulturgeschichte zu heilen.

Wer bin ich, der ich gedient habe in dem System der Verachtung aller Werte, der Lüge, des Terrors? Wer war ich in den Jahren danach? Einer von Millionen Deutschen, die ohne zu trauern, ohne zu bekennen leben und arbeiten konnten, ohne den Stachel im Herzen, der die Erinnerung wachhält an das Versagen der ganzen Nation.

Dieser Nation gehöre ich an. Das Versagen ihrer Eliten, ihrer großen Mehrheit, mein eigenes Versagen, all das ist mir bewusst geworden, als ich schwach war. Als ich Trauer spürte. Trauer, nicht geholfen zu haben. Sich nicht vor die gestellt haben zu können, die ermordet und hingerichtet wurden. Trauer, dem Verbrecherstaat gedient zu haben und nicht von der Fahne geflohen zu sein.

Und ich fing an zu denken, was ich so lange versäumt hatte. Ich dachte an Frauen, die mich liebten, an Kinder, die ich alleingelassen. An Enttäuschungen, die ich verursacht, Hoffnungen, die ich nicht erfüllt hatte. Ich spürte, wie die Trauer in mir wuchs und wie sie groß wurde und warm. Dankbar bin ich, sie in der Tiefe meines Herzens entdeckt zu haben. Sie gibt mir Kraft. Durch sie kann Schande überwunden werden. Durch sie bleibt Freiheit möglich.

Nie habe ich danach gestrebt, reich zu sein. Nun bin ich reich dank der Fähigkeit, trauern zu können. Das entspricht dem Muster meines Lebens, wie ich es jetzt verstehe. Es hat mein Handeln bestimmt von Kindheit an. Daraus ergaben sich die Brüche, die Erfolge und Misserfolge, daraus ergab sich das Scheitern. Davon zehre ich, auch beim Tragen meiner Schuld.

*

Er hört die Tür, sieht auf die Uhr.

Leichte Schritte auf den Treppenstufen.

Jemand, der nicht stören will.

Dann steht der Enkel neben ihm.

Kommst du? Papa findet keinen Parkplatz.

Er sieht den Enkel an. Seine Hand streichelt den Kopf des Kindes.

Was mag sein Muster sein.

In den Augen sieht er beides. Folgsamkeit und Rebellisches.

Im Rebellischen ist ein Lächeln verborgen.

Bist du traurig, fragt das Kind.

Ja. Seine Hand streichelt noch immer den kleinen Kopf.

Wenn wir zuhause sind, erzähle ich dir eine Geschichte.

Er steht auf und nimmt die Hand des Enkels in seine.

Und er überlegt, wie er dem Kind erklären wird, was Salomo mit Trauern gemeint hat.

Impressum

Umschlag: Gudrun Hommers unter Verwendung einer Fotografie von Ottokar Runze mit seiner Mutter im April 1945 (Privatbesitz).
Layout+Satz: Jolanta Johnsson
Druck: Sowa Sp. z.o.o., Warschau
ISBN: 978-3-943767-61-2